张 凡　程亚铭 ◎ 著

汶川十年

长江出版传媒
湖北教育出版社

（鄂）新登字 02 号

图书在版编目（CIP）数据

汶川十年 / 张凡，程亚铭著 .-- 武汉：湖北教育出版社，2018.5

ISBN 978-7-5564-2199-2

Ⅰ.①汶…

Ⅱ.①张… ②程…

Ⅲ.①纪实文学—作品集—中国—当代

Ⅳ.① I25

中国版本图书馆 CIP 数据核字（2018）第 076988 号

汶川十年

出 品 人	方　平	责任校对	刘慧芳
责任编辑	黄烨祁	责任督印	张遇春
版式设计	张　敏		

出版发行	长江出版传媒	430070	武汉市雄楚大道 268 号
	湖北教育出版社	430070	武汉市雄楚大道 268 号
网　　址	http://www.hbedup.com		
经　　销	新华书店		
印　　刷	三河市嘉科万达彩色印刷有限公司		
地　　址	三河市泃阳镇三香路东侧		
开　　本	690mm×980mm　1/16		
印　　张	14		
字　　数	184 千字		
版　　次	2018 年 5 月第 1 版		
印　　次	2018 年 5 月第 1 次印刷		
书　　号	ISBN978-7-5564-2199-2		
定　　价	49.80 元		

版权所有 . 盗版必究

（图书如出现印装质量问题，请联系 027-83637493 进行调换）

引 子
唯有青春，暗自成长

2008年，对许多中国人来说，是21世纪第一个10年中最难以忘怀的一年。

这是中国农历的鼠年，戊子年，闰年使得2月终于有了29日这一天，毕竟每4年才有这样一天，但这并非这一年最能让人记住的日子，没有哪一年像这一年一样，大事件接二连三，人们的情绪随之波动起伏，悲喜交集。

南方的冰雪天气突如其来，持续了20多天，中国安徽、江西、河南、湖南、湖北、广西等多个省市区被恶劣的低温雨雪天气覆盖。气象云图显示，积雪面积达128万平方千米。这是南方50年没遇到过的大雪。

那些温暖的城市顷刻间冰冻如霜，道阻且长。

铁路告急、公路告急、供电告急、粮食告急，北漂的南方人无法回家，南漂的北方人无法回家。连接南北的铁路大动脉京广铁路湖南段，因电气化接触网受损，无法开行电气化列车，多趟列车被迫取消，南来北往的人们都被困在了各自的城市。广州火车站一度滞留人数超过60万，寒冷的广场挤满了渴望回家的人。

在通往家的道路上，天寒地冻、一票难求、缺水缺电、跋山涉水就成了很多人年初最深刻的记忆。20亿人次的春运因为这场雪灾备受考验。

人们为什么要回家？

过年团圆，是为数不多的保持了数千年之久的传统之一。快速推进的城市化把一批又一批乡下的人带往城市，却没有把他们的家一同带往那里。因为儿女父母留在家乡，不远万里回家团聚，是他们一年中最大的心愿。

正是这种传统与现代的奇妙结合，使得春运成为这个时代最为壮观的景象。

另一种意义上的回家，则在于使命和荣光的归来。

人们会永远记住2008年8月8日，中国5 000年的历史和文化在此刻重叠，奥林匹克的圣火在这里熊熊燃烧。

当一个又一个金光灿灿的"脚印"在北京的夜空中升起，永定门—天安门—什刹海—北土城—鸟巢，第29届奥林匹克运动会就这样从1896年的雅典，一步步"迈"进北京。

29个大脚印，不是出发，而是"归巢"！

不到一分钟，浓缩的却是中国近200年的历史——那些民族屈辱的时刻，那些为了生存奋斗的日子，那些抛头颅洒热血的年代，那些为了民族富强而默然承受的压力——各种情绪都浓缩在这一刻，这一代人用盛开的烟花、用奥林匹克的精神宣示着一个民族的复兴、一个国家的兴盛。

在冰冷的冬天与火热的夏天之间，却还有一个令人悲伤的初夏。

5月12日，一个普通的日子，却因四川盆地巨大的震动引发全球关注。

汶川，距离北京约1 900千米。在此之前，这个边远地区的小县城籍籍无名，是灾难，让数亿人记住了这个地方；是灾难，让数万人瞬间失去了生命、家园。这次地震，震中在汶川，受灾最严重的地区却是北川，整个北川县城被一座塌下来的山压住。而北川中学，则是重灾区中的重灾区，地震发生前，北川中学有学生2 883人，教师202人。据不完全统计，地震中遇难学生达723人，大约占据了学生总数的四分之一，还有40名教师不幸遇难。

截至2008年9月18日12时，5·12汶川特大地震共造成69 227人死亡，374 643人受伤，17 923人失踪，经国务院批准，自2009年起，每年5月12日为"全国防灾减灾日"。

"多难兴邦"!

当一个国家的总理在一所临时学校的黑板上写下这四个字,那黑底白字,有一种巨大的震撼力,于无声处听惊雷。在数十万幸存者中,有很多孩子刚从"地狱"归来,因受重伤不能说话的女孩段志秀用笔写下了四个字:我要读书!

这正是中华民族传承千年绵延不绝的根基,你不能想象一个没有读书声的地方会有未来。

2008年震后一个月,时任中共中央政治局常委、国家副主席习近平深入游仙、平武、北川、江油、都江堰、汶川等灾区,看望慰问受灾群众、基层党员干部、各方面救灾人员和组工干部。在受灾群众安置点,他走进一个个帐篷和一间间活动板房,详细询问群众吃饭、购物、就医等情况,还有什么困难。当得知因灾停课的学生大部分已恢复上课,习近平同志十分高兴。在平武县平通镇临时板房小学和北川县桂溪乡永利村小学,他向学生赠送课外读物,勉励同学们从小好好学习,长大后用自己的勤劳和智慧为建设家乡、建设祖国做贡献。

大灾面前压不垮,大难面前不低头!

灾难让一切都显现原形,我们看见了地震的巨大破坏力,在自然力量的绝对支配下,人的生命微如蝼蚁。在灾难面前,人性的弱点——胆怯、脆弱、自私、丑恶、卑劣都显现出来,但人性的优点——勇敢、无私、善良、高尚、坚强则更激励人心。

重建家园,成为此后这片土地上人们最大的愿望。这个家园,不仅是物质的家园,更是精神的家园!

2011年,习近平同志再次前往震区慰问,一下飞机,首先就驱车前往当时受灾最严重的北川县。沿途看到一座座崭新的城镇和村落,看到灾区发生了脱胎换骨的变化,习近平同志十分欣慰。在北川县擂鼓镇吉娜羌寨这个震后新建的羌族村寨，习近平同志同村民和旅游观光者亲切交谈，同乡亲们围坐在一起拉家常，仔细了解群众生产生活情况，关切询问还有什么困难，勉励大家坚持艰苦奋斗，依靠自己的双手把家园建设得更加美丽、更加富饶。在北川新县城，习近平同志深入禹龙社区和居民家中了解灾后重建、社区建设和居民安置情况。看到在地震废墟上新建的县城街道井井有条，群众安居乐业，一派生机勃勃的景象时，他非常高兴。在东方汽轮机有限公司，当了解到在地震中遭受重创的东汽灾后迅速恢复和崛起，生产能力超过震前水平时，习近平同志对他们表现出的坚韧不拔、克难攻坚的大无畏精神给予高度评价。

抗震救灾中，涌现了很多可歌可泣的故事，出现了很多英勇无畏、舍己救人的英雄事迹。这些都成为震后重建家园最为重要的精神力量。

一方有难，八方支援。共产党员站了出来，4 000 多万名党员交纳了"特殊党费" 97 亿多元。各省市站了出来，纷纷捐款捐物，上海捐款捐物 11.43 亿元，广东捐款捐物 22.1 亿元，江苏捐赠款物 14.7 亿元，北京捐款捐物 16.2 亿元……勇于承担社会责任的企业站了出来，大唐集团捐款 1 000 万元，中国银行捐款 2 300 万元，中国中铁捐款 1 000 万元，中信集团捐款 2 000 万元，中国人寿捐款 1 600 万元……

有两个例子可以说明，人们是怎么被爱心打动的。

2008 年 5 月 18 日，中央电视台"爱的奉献"赈灾晚会上，天津荣程联合钢铁集团有限公司董事长张祥青给了大家一个惊喜。当主持人请已经捐赠了 3 000 万元的张祥青说几句话时，张祥青拿过话筒，忽然涨红了脸，这位唐山大地震的幸存者提高了语调："我和我太太刚才决定，再追加捐款 7 000 万元，帮助他们重建家园！建最好的学校，震不垮的学校！"

没有经历过地震的人不会有这样痛彻心扉的感悟，张祥青在地震发生的第一时间已经以企业的名义捐赠了 1 000 万元。再次捐款 1 亿元，他代表的是从废墟里站起来的唐山人感恩的心，通过这样的方式来感恩当初全国人民对唐山的无私援助。

此刻，汶川就是唐山，同样感受到了亿万民众心连心的温暖。

另一个例子则显现了持续关爱的力量。汶川特大地震发生后，阿里巴巴集团及员工共为震区募集捐款 6 000 多万元现金，以及数百万医疗救灾物资。其中，阿里巴巴向中国残疾人福利基金会捐款 500 万元人民币，用于 5·12 汶川特大地震中因灾致残的残疾人接受教育、进行康复培训，帮助他们自立于社会、重新就业、获得未来发展的基础、实现人生价值。在极重灾区青川，阿里巴巴集团成立救灾小组长期开展援建工作。马云说："我们将持续 7 年支持青川的灾后重建，7 年不够，我们就再做 7 年。"如今，马云承诺的 7 年早已过去，阿里巴巴集团的爱心接力也已经延续到了第二个 7 年，目前工作重点为关爱青川孩子、帮助青川电商创业。2018 年 4 月 26 日，第 59 批阿里巴巴员工志愿者已经出发。

爱心涌动，据民政部 2009 年 5 月公布数据显示，汶川共接受国内外捐赠款物 767.12 亿元，其中捐款 659.96 亿元，超过了 1996 年至 2007 年 10 年间全国接收的救灾捐赠款物的总和。

这是一个大爱汇聚的时代。

习近平同志指出，灾区发生的巨变，充分证明中华民族是任何困难都难不倒的伟大民族，充分证明社会主义制度能够集中力量办大事的优越性。

当孩子们也真正懂得灾难究竟意味着什么的时候，这片土地上的人们重建家园的梦想就已经照进了现实。

2008 年—2018 年，转瞬 10 年。

有这样一群正值花季的孩子，在这样的小概率大事件中遇到人生中最不可逆转的改变。他们本来和其他孩子一样，听着流行歌曲，看着青春文学，期待着体育健儿在奥运赛场上斩金夺银，憧憬着未来进入更为广阔的城市，探究更为宏大的世界。但一场巨大的灾难完全改变了他们的人生，当他们意识到这种改变意味着什么的时候，人生的画卷已经完全不同。在沉重的命运面前，这些被折断翅膀的天使，他们对美好的不懈追求，对生命的不停追问，对人生自强不息的追求，在震后付出巨大努力重新站立起来的历程，都令人感到深深的震撼。

李晓芳，女，18岁，右大腿高位截肢；陈程，男，22岁，右大腿高位截肢；魏敏，女，16岁，右大腿高位截肢；王丽，女，18岁，左大腿高位截肢；杨凤，女，16岁，右大腿高位截肢；张凤，女，16岁，双大腿高位截肢；廖琪，女，16岁，左小腿截肢；晏鹏，男，17岁，右大腿高位截肢；李安强，男，17岁，双大腿高位截肢；李裕，女，16岁，右腿截肢；李甜甜，女，13岁，双小腿截肢；陈瑞霞，女，7岁，右大腿高位截肢；邓阳秋，男，17岁，孤儿，左大腿高位截肢。

…………

这只是汶川特大地震志愿者王志航在2008年5月12日之后记录的一小部分伤残孩子的信息，从那一刻起，她就陪伴着这些孩子成长。7岁失去右腿的陈瑞霞说："地震前我的梦想是当一名芭蕾舞蹈演员，现在我的梦想改了，我只能当一名画家。"16岁的羌族女孩杨凤说："失去一条腿，我就不能当女兵了。""失去了双腿的张凤说："我可以穿裙子，但是我永远不能穿高跟鞋了。"

这让王志航心痛不已，这些正当青春灿烂的孩子，未来会面临什么样的人生？她们的归宿在哪里？

那些死者籍籍无名，那些生者仍在深渊。

聚光灯下，那些受灾的人所经历的一切都变得透明而脆弱，他们感受到了爱如潮水一般地涌来，却无法适应"潮水"退却之后的孤寂。在延绵不绝的时间洪流里，十年弹指一挥间。地震带来的灾难已经被报刊、电视、网络反复折射，信息洪流涌过之后，那些曾经震撼人心的感动被渐渐遗忘，那些可歌可泣的勇气渐至悄无声息。

唯有青春，暗自成长。

"北川变了，这片饱经灾难的土地开始绽放出许多绚丽的花朵，其中最新最美的就是孩子们！"

张凤、段志秀、杨凤、王飞、李裕、刘敏、郭冬梅、李安强、王虎……这些北川中学的幸存者，在废墟下的黑暗和绝望、伤痛、惊吓中做了10个小时到30多个小时的斗争，在没有家长的情况下自己签手术同意书，在没有麻药的情况下截肢，在高烧中昏迷整整3个月，在回到校园时面对异样的目光。过往10年，这些震后幸存的学生和他们同时代的90后一样，面对青春期叛逆、高考、就业等一系列问题。他们学会接受自己的不完美，他们选择站起来面对世界！

这个过程之艰苦卓绝，不亚于任何一次生命的长征。

"震后，我想得最多的是死亡。面对灾难巨大的冲击，我怀疑过生命的意义。我一直觉得'活着是为了更好地死去'这句话说得很有意思，当你把死亡当作活着的一部分的时候，心里面也就豁然开朗，那时我也长舒一口气，算是迈过了那道坎。"16岁的张凤说。

"曾经以为，17岁时，我会在北川中学的废墟下失去生命……现在，我坐在轮椅上，用以前从来不可想象的方式，感受这个世界。"17岁的郑海洋说。

"天堂和地狱究竟有多远我们不知道，其实相比之下，我觉得活着就是天堂。"刘敏说。

"无论过去多久，这一天都是人生中有重大意义的一天，不应沉迷于伤痛，而应铭记重生的不易。"王丽说。

这些孩子在震后都经历过多次手术，相比于肢体的疼痛，来自精神的痛苦更沉重，当意识到自己与别人不同，当意识到自我的残缺将伴随终身，他们关于人生的思考当然会截然不同。

"生存还是毁灭？这是一个值得考虑的问题。默然忍受命运暴虐的毒箭，还是挺身反抗人世无涯的苦难,在奋斗中结束这一切?这两种行为,哪一种更可贵?"莎士比亚的追问对他们来说是一个无法回避的选择,这些青春期刚刚开始的孩子,都是真正见过生死的,他们已提前开始思量人生的终极意义。

并不是多数人都能找到答案,有的人甚至就此坠入深渊无法自拔,即使最强大的心理援助也无法缓解他们伴随终身的伤痛。拿什么告慰灾难中救助自己的人,告慰长眠废墟下的亲人、老师和同学,告慰自己的痛失与来之不易的幸存?一群截肢后与命运抗争的孩子,他们中"站立起"十多位研究生,是什么样的力量使他们摆脱死亡带给他们的阴影?是什么样的力量让他们重新站立起来,迈向新的生活?

只有从内心生长出来的力量的种子,才能在大地上生根发芽。

没有人愿意成为灾难的主角,但撞上不可避免的命运击打后,这些从废墟上坚强站立起来的少男少女,在珍惜中前行,在感恩中奋斗,他们坚韧进取、从未放弃,逐渐成长为最优秀的自己!他们的选择,足以让我们对这一代人的未来充满期望!

10年之后,以及更长远的未来,他们仍将面临生存、生活的巨大考验,但他们已经站起来了!伤痛带来的折磨并未远去,治疗带来的后遗症时有发作,当人们逐渐忘却那场地震,当他们在日常生活中面对种种琐事,站起来,不只是身体上的,也是心灵上的。

站起来!站起来!站起来!站起来对这些饱受命运折磨的孩子来说并非易事,但他们用自己的成长接受了命运的馈赠!罗曼·罗兰曾说过:"真正的英雄是那些看清了生活的真相却依然热爱生活的人!"

让我们来听听他们的故事吧。

目录

第一章
生死交锋　　01
石块垒着石块；人啊，你在哪里？
空气接着空气；人啊，你在哪里？
时间连着时间；人啊，你在哪里？

第二章
站起来！　　27
那里有悲痛与毁灭，
而你是奇迹。

第三章
昂起倔强的头颅　　47
它在人生境遇最坏之时降临，
却带我往最好的方向走。

第四章
少有人走的路　　61
你在歌唱时仍然开花，
你在激流中仍然破碎。

第五章
没有双臂依然可以
拥抱世界　　85
生命如此丰富，
以致花朵枯萎而且充满哀伤。

第六章
追爱——至少你还有我　107

为什么整个爱情突然降临，
正当我悲伤，感到你在远方？

第七章
等你的短发长过了肩　129

如若我哭泣着醒来，
那是因为梦见自己是迷路的孩子。

第八章
我是半个 Iron Man（钢铁侠）　151

这就是我的命运，
我的渴望在它上面航行。

第九章
洋娃为什么要做"假先生"　171

你在时间中复活，
纤瘦而沉默。

第十章
家，世界上最重要的地方　189

我要我所爱的人继续活着；
我爱过你，歌唱过你，超过一切，
因此，你得继续绚丽地如花开放！

附　录
汶川十年伤残者奋斗群像　205

后　记
为了成长的纪念　208

第一章
Chapter 1

生死交锋

石块垒着石块；人啊，你在哪里？
空气接着空气；人啊，你在哪里？
时间连着时间；人啊，你在哪里？

"那天下雨了吗?"杨凤问。

"下好大的雨。"李裕说。

"我那儿没有下,我连衣服都没有湿。"段志秀说,"我一直没感觉到下雨。他们说下好大的雨。你知道吗?我是什么感觉?就是风吹过竹林的声音,就是竹叶沙沙的声音。"

也许是风刚刮过的声音,也许是雨落在地上的声音,也许是把世间一切都毁灭后大自然的叹息。

"我是被抱出来的。"

"我是被背出来的。"

"我是被抬出来的。"

…………

杨凤,26岁,华东理工大学社会工作专业研究生在读。

李裕,26岁,就职于四川天风证券公司营业部。

段志秀,26岁,兰州大学民商法专业研究生在读。

2018年2月7日,年关将近。成都市温江区,一座普通居民楼里的客厅里,几个女孩子围着桌子嗑着瓜子,有一搭没一搭地聊着天,聊着10年前的那个生死瞬间。她们不是第一次讲述自己的经历,但是坐在一起互相纠正回忆,还是第一次。时过境迁,记忆或许已成残片,但那些刻骨铭心的瞬间从未远去。

10年前,她们还都16岁。

北川中学,是绵阳市下辖北川县的一所县级中学,在全国成千上万的中学当中,普通得不能再普通。杨凤、段志秀、李裕、张凤、王飞,都是北川中学高一（5）班的学生。

这座教学楼一共 5 层，高一的 10 个班大部分位于第四层的教室。

"我坐在教室的倒数第二排，靠着窗户，外面就是操场。"张凤回忆，那是个晴朗的下午，有没有太阳不记得，但一定没有下雨。穿着前一天新买的浅蓝色针织两件套上衣和天蓝色的帆布鞋，张凤的心情很愉快。不过，有个暗恋她好久的男孩子恰好在这天给她写了一张字条表达心意，青春期的孩子们正对爱情充满幻想，张凤有点儿恼火，她也不知道该不该接受这份早来的爱恋。

那节课是化学课，穿着黑底白花孕妇装的化学老师魏明芳很受同学们喜欢，女同学们喜欢盯着她的大肚子看，大概在好奇她肚里的宝宝是男是女，或者好奇她到底怎么能挺着大肚子坚持上课。

"讲课时她喜欢在教室到处走动，一方面是为了照顾前后的同学都能听到她的声音，另一方面也是为了震慑那些偷偷看小说不听课的人，随着她的移动，我们总是偷偷盯着她的肚子看，每个人都觉得挺开心，有时候她会很不好意思地说'你们看书别看我'。"段志秀说。

爱耍酷的王飞留着小胡子，也坐倒数第二排，但和张凤并不同桌。英语课代表段志秀每次收作业，他都在低头看武侠小说。这一排还有李裕，她不太喜欢化学课，觉得比较枯燥，听课的时候老走神。她的同桌则喜欢看郭敬明的小说，会把买馒头的钱存下来买《最小说》。

天花板上的日光灯，就在这个时候晃荡起来。

"一阵剧烈摇晃，玻璃窗哗哗地响。大家都停了下来望着窗户，有同学用玩笑的语气高声说：'地震了。'大家一阵哄笑。老师看了看窗外便继续上课。可是不到 30 秒，整个楼突然又剧烈摇晃起来，而且没有停下来，我看见拐角处墙体一块一块往下掉，我惊呆了……耳边传来桌椅挪动的碰撞声，惊慌失措的尖叫声、脚步声……我坐在座位上一动不动，我看见天花板从中间呈放

汶川地震瞬间产生强烈的地震波，使五层楼房扭曲坍塌变为两层，生者寥寥。陈建／摄

射状向四周裂开，掉了下来……教室中间凹下去一个大洞，我感觉身子一沉，掉了下去，我闭上了眼睛……"张凤回忆说。

这一天，是2008年5月12日。

14时28分04秒，整个四川盆地都被一股巨大的能量冲击，巨大的震波把龙门山脉撕开一条300千米长的大口。地震发生后，中国地震台网中心利用实时观测数据，速报的震级为里氏7.8级。随后，根据国际惯例，地震专家利用包括全球地震台网在内的更多台站资料，对这次地震的参数进行了详细测定，据此对震级进行修订，修订后震级为里氏8.0级。此次地震最大烈度达11度，破坏特别严重的地区面积超过10万平方千米。地震波及大半个中国及亚洲多个国家和地区，北至辽宁，东至上海，南至中国香港和澳门地区、泰国、越南，西至巴基斯坦均有震感。

这次地震被命名为"汶川特大地震"，许多人在这次地震后第一次听说了"汶川"这个地名。

这是中华人民共和国成立以来破坏力最大的地震，也是唐山大地震后伤亡最严重的一次地震。北川县的损失尤为惨重。

北川中学高一（5）班，60多个学生从四楼直坠而下，命运这只怪兽露出了狰狞的面孔。这些人生刚刚起步，仍未看够世界的孩子，在瞬间就面临着生死考验。

时间刹那停止，后来救灾志愿者们进入北川县城时，就看到奥运会倒计时牌停在了"88天"这一刻！

"我不要腿了，快把我拖出去！"

山崩地裂之下，北川塌陷。

北川县城两面邻山，左边是王家岩山，右边是景家山，地震引发的山体塌方几乎覆盖了整个县城。老县城80%、新县城60%以上的建筑物垮塌，县城基本被夷为平地。

处于断裂带上的汶川、北川、青川三个县城中，北川损失尤为惨重。王家岩山倾倒下来的那一刻，天昏地暗，北川县委办公楼、北川县民政局、北川县图书馆、北川县幼儿园在一阵烟尘之后都不见了。数百吨的巨石和几十米深的黄土将昔日的楼房、街道全部吞掉了。"包饺子"，四川人用非常形象的说法来形容北川县城的遭遇。也曾有人建议将这次地震称为"北川大地震"。

"我们的教室直接掉了下去，我都不知道怎么掉下去的，很多不同班级的学生掉在了一起。"高一（5）班的李裕回忆说，呛人的灰尘，冰冷的石块，废墟下一片黑暗。上个星期，李裕刚回了趟家，妈妈破天荒地给了她500块钱的生活费，这天早上李裕兴冲冲地到食堂给饭卡里充了100块钱，心想晚上可以改善一下伙食了，吃点儿回锅肉。

他们的校长也在研究如何改善孩子们的伙食。地震发生时，北川中学校长刘亚春正与食堂工人和管理人员在学生食堂开会。当他们从食堂里面逃出来时，刘亚春整个人都惊呆了，他后来回忆说："我被眼前的景象惊呆了：两幢五层高的教学楼，一幢完全垮塌，一幢沉下去，只剩下歪斜的两层……正在上课的师生被废墟掩埋，到处是呼救声、哭喊声。"

1 000多名师生身陷其中。"我睁开眼睛。自己的下半身已被废墟全部掩埋，上半身比下半身好一点儿，但也好不到哪里去，也基本上被泥土覆盖，只有头和手勉强露在外面。旁边有几个是我的同班同学，大家都以不同的姿

2008年5月16日下午，地震过去100个小时后，四川蓥峰实业有限公司的宿舍楼废墟下，一名男青年被成功营救出来。陈建／摄

势被埋在了下面。周围到处都是血迹、钢筋、书本、笔和砖头，还有大小不一的瓦砾，以及很多很多的不明物。同学的鲜血已经将我雪白的T恤染成了灰红相间。"高一（2）班的郑海洋后来回忆这一刻，他第一次感觉死亡离自己这么近。

"清楚地看到桌椅东倒西歪，墙壁的裂缝越来越大；感觉到地在下陷，感觉到了恐惧、惊慌……过后就失去了知觉。"高一（3）班的刘敏回忆道："苏醒时，睁开双眼：到处都是灰尘！本能地，用没有压住的右手掩住了口鼻，艰难地呼吸着。当灰尘慢慢地沉了下来后，我开始仔细观察四周的情况：身上压着同桌，她重重地压住我的上身，我每一次呼吸都必须用尽全身的力气。左边也是我的同桌，不能看见她，但可以用唯一能活动的右手摸到她。"

高一（7）班正在上的是物理课，上物理课的老师是他们的班主任曾茂华，一名刚刚任教不久的大学毕业生。

"正在讲课，就地震了，曾老师就喊我们，我没听清楚喊的是啥子，光看到他的嘴巴在动，然后看到房子在晃，我就拱到桌子底下，后头'哐'的一声就垮了，然后就黑得没法了。当时我在下面待了恐怕一天多，二三十个小时。"李安强回忆说，"那个时候我们吼（喊）了的，有的女同学还吼哭了哦。我没有吼。我想到无法出去了，就在里头慢慢休息一下。那时以为只有我们学校垮了，不晓得整个县城都垮了；如果晓得整个县城都垮了，我们恐怕都绝望了。当时有个女生要水，我还在开玩笑说：莫哭，莫哭，我去给你买，我去给你买所有的水，可乐、雪碧！"

曾茂华左脸朝下，右脸被东西压着，嘴巴张不开，说话很困难，全身只有右手能动，只能听着自己的学生们哭爹喊娘。他试着用微弱的声音呼唤他熟悉的名字。学生贾国伟听到了老师的呼喊，就四处乱摸，摸到了一条被压断的课桌腿，他用这根钢管拗开了压在上面的天花板，爬到曾茂华的位置，用钢管撬开了卡着曾茂华脑袋的板凳，差点儿被勒死的曾茂华呼吸畅通后立刻呼叫起来："大家要坚持，外面一定有人来救我们的，我们这个班级一定要挺过去，高一（7）班永不会倒的。"

预制板掉下来重重地压在课桌上，将李安强死死地卡在了里面。课桌太小，他的腿刚好被压在课桌的钢管上，没办法动。紧挨着李安强被压倒的，还有梁欢等8名同学。当日晚，余震袭来，李安强与同学们的生存空间更显狭小，他正准备努力将弯曲的腿伸直，但刚一挪动时，梁欢和后面被压的同学便疼得直叫。不忍同学受到二次伤害，他强忍痛苦，保持着原有的姿势。

"我们像是坐在一艘船上，摇摇晃晃，周围山上不断落下石头。每个人都靠在一起，安静得可怕。"高一（3）班的班长刘敏，想到了自己的职责。她想，我不能软弱，必须表现出坚强，带动同学们。她开始鼓励周围还活着的同学，一起唱《团结就是力量》。

"唱着唱着刘琴就没声音了，那时我拼命地喊她，她就是没有回应，她的手慢慢地落到了我的脸上，冰凉冰凉的……我不停地喊爸爸妈妈来救我，幻想着他们能听到我的呼喊飞来救我。但自己也知道，这只是一种自我安慰。"高一（3）班的郭冬梅坐在第一排，倒下来的讲台正好把她压在了下面。在懵懂不安中，她失去了她最好的朋友。

另一边，高一（7）班的6个男孩子一起在唱，"朋友不曾孤单过，一声朋友你会懂……"他们集体顶着头上的石板，一个接一个艰难地爬了出来，又立刻返回废墟，救出了几位重伤的同学。

救命啊，救命啊，救命啊……

这样的呼救声此起彼落，那些惊魂未定的孩子开始行动起来。

高一（9）班学生晏鹏被压在废墟里。过了十多分钟，他开始叫喊离自己最近的同学，一起向外发出求救信号，但没有回音。同学们互相鼓励，顽强坚持。第二天被救出时，他感到全身疼痛，但想到那些还被埋在废墟中的同学，便不顾一切冲进废墟，呼唤同学的名字，给他们喂水……不幸的是，当余震袭来时，他再次被埋进废墟……

高二学生刘刚、周双全、蒲红旭等被困在楼顶垮塌下来的水泥板之间，他们硬是用拳头将堵在出口处的水泥块砸碎，出口很小，每次只能爬出一个同学，好多同学都已经没有力气爬出去。尽管刘刚自己也严重负伤，他却在通道里托住同学的身体往外推送，一个又一个，这一条"生命通道"，将30余名同学从死亡线上拉回，他们获得了新生！

北川中学有师生3 000多人，被称为"旧楼"的主教学楼塌成一人多高，当时正值上课时间，21个教室，初一、初二和高一3个年级的师生约1 000人，除少数人逃生以外，大部分被掩埋在废墟下。另一栋五层新楼底下两层被压平，教学楼和宿舍受损严重。

"当时我们也很紧张。电话打不通，就派人到县城向上级报告，派出的两批人马，一会儿就返回学校，说县城灾情严重，没法进城。10分钟左右，县长、组织部部长和主要领导就赶到我们学校，立即成立了抗震救灾小组，在他们领导下开展了全面的抢救工作，哪里有叫声，我们的学生和老师就在哪里掏，但由于缺乏工具，很多地方是只能看见人和听见声音，但没法将他们救出来。"校长刘亚春后来回忆说。

黑暗中等待救援，过程是如此漫长。

当最初的恐惧过去，这些定下神来的孩子开始互相寻找、鼓励。杨凤的腿被另外一个同学压住了无法移动，她身体下边压着的却是隔壁班的武晓红，她的同桌却不知怎么就跑到最上面去了。在人摞人的最上面，则是坚硬的水泥预制板。

回过神来的杨凤开始叫自己的发小张欢，他被压到了一个特殊的位置。从小学、初中、高中，聪明过人、精力旺盛的张欢都是班里最调皮的学生，他有12个手指头，吃饭的时候一次能吃掉两盆米饭，三个荤菜。他的饭盆有脸盆那么大,吃饭用的勺子跟杨凤喝汤用的勺子一样大。杨凤的宿舍在215室,同室住宿的孩子都不是县城的,从家里来的时候都会带酸菜,每次吃泡面的时候都要加豆尖、酸菜。张欢的宿舍在楼的对面,那天他刚刚过来在杨凤宿舍要酸菜吃,吃了两桶泡面。

为了便于管理这个调皮的孩子,班主任钟红梅在讲台的最前面单独给他安了一张桌子。这却让他成了埋得最深的学生。杨凤使劲用手挪了挪桌子,怕压着他,但平时好动的张欢此时却特别安静。

杨凤旁边的男同学们用桌椅腿挖了一个洞,开始自我拯救。6个人顺着这个洞爬出去5个,只有杨凤被一块大石头压着无法动弹。

"我怕手跟腿都被压坏了,就跟他们说要把我的手扒出来。"杨凤回忆说,他们就使劲从超大号的预制板下面拉,手估计就是在这个时候受伤的,拉出来的时候杨凤完全没有感觉,她说:"就像别人的手躺在我这儿似的。"

2016年1月20日,杨凤在地震后第一次拍摄写真,镜头前的她笑中带泪。林子竣/摄

但是她的腿却被压成饼状的桌子压着，无法用手挪出来！

趴在杨凤身上的武晓红渐渐没有了体温，这让杨凤再一次感到巨大的恐惧，当黑夜再次来临时，她向外面喊道："我不要腿了，快把我拖出去！"

但是无人回应。

张凤听到了杨凤的呼叫声，但是她自己也是自顾不暇。"我可以清楚看见里面，从左前方到左后方，全是横七竖八杂乱累积起来的预制板和碎了的混凝土块儿，后面是被压变形的座椅混杂着碎石挤压在一起，足有一层楼那么高，电线露了出来，一块平整的预制板盖住了我的脚但并未压在腿上，它下面还有一些东西支撑着，刚好压在我脚踝的位置。而这时我的腿已经完全没感觉了……我的课桌在右上方，书本还整齐叠放在抽屉里，我用右手将它们扒拉出来，找到了我的日记本，我想要带着它离开这里。我看不见唐安阳，也看不见赵宗阳，更看不见我的同桌……"

在高一（5）班，张凤和唐安阳、李成霖、王飞关系最铁。平常4个人老在一块儿玩，他们开玩笑地把李成霖称为"霖爸"，而把最能照顾人的王飞喊作"飞妈"！

此刻4个好朋友同时身陷绝境，人生的命运就此截然不同。在又惊又怕中昏昏睡去的张凤，半夜被外面的号令声和余震惊醒。她听到一个熟悉的声音在呼喊："同学们，你们一定要坚持住，我们很快就救你们出来！"这是北川中学的历史老师廖光明。

光明就在眼前，黑夜如此漫长。

地震后的十多个小时中，因为道路交通全部被毁，北川成为一座孤城，而最先赶来支援师生们的是附近企业的志愿者和北川本地的灾民。北川师生在废墟上一共救出200多人。5月13日凌晨，绵阳救援指挥部带领武警官兵赶到，才把这些赤手空拳的人替换下来。

高一（2）班 69 名学生，19 人生还。

高一（5）班 64 名学生，29 人生还。

高一（7）班 54 名学生，24 人生还。

高一（9）班 71 名学生，20 人生还。

....

北川中学第一位获救的学生向景瑜，3 个月后不幸去世。

北川，这个传说中大禹的故乡，中国唯一的羌族自治县，悲恸成川！

"哪怕只有 1% 的希望，也要尽 100% 的努力"

凌晨时分，下雨了。

从下午开始救援一直持续到深夜的武警战士曾光平，眼前仍然闪现着掀开楼板那一刹那看见的惨状，一个班 60 多个学生，有的藏在墙角，有的刚跑到门边上，但都被无情的墙体压倒在教室里，有的学生被变形的桌椅挤成一团，像一个篮球，其余的学生横七竖八地躺着，像蜡像一般，形状各异。

铁锹、锤子、钢管、木棒，在缺乏专业救援工具的情况下，官兵们几乎是手脚并用展开了救援。

杨凤的情况要好一些，头天晚上救援人员已经在她周边挖了半天，她的大半个身体露出了，后来余震来的时候救援人员才撤出去。第二天早上醒来时，她试着动了动身子，发现自己能动了。杨凤开始叫："给我点儿光，给我点儿光。"上面的人赶紧拿手电筒照了下来，她用手刨着，顺着光的方向，在二十多度的斜坡上爬了出来。

被压在讲台下面的郭冬梅的呼叫声，引来了正在救援的武警战士的注意。他们围拢过来，但是没有合适的破碎工具，只能用锤子把压在郭冬梅身

第一章
生死交锋

上的讲台砸成一小块一小块地弄开，一直砸了几个小时，才把郭冬梅抱出来。那时郭冬梅已经迷迷糊糊了，看到刘琴满脸是血地躺在那里……

将近中午12点的时候，张凤也等来了救援。

"叔叔先将浸湿的棉衣盖在我身上，以免氧焊切割机喷出的火花烫到我。然后开始一块一块切割预制板，他们一块一块搬。搬预制板时掉落的沙石哗哗往左耳朵里灌，我赶紧拿手掏耳朵，刚掏完沙子又灌了进去，我只好捂住耳朵。"

在轰鸣声中，张凤感觉自己越来越困，她听得到武警战士的呼唤："姑娘，千万不要睡觉，你一定要坚持住！"

在被抬上担架的那一刻，张凤对一位武警战士说："叔叔，我的书你帮我拿着，我还要……"武警战士又返回去，抱起了那一摞书。

在另一处废墟里，段志秀也被发现了。救援人员将段志秀挖出来时，她的左大腿被严重压伤，肌肉组织严重坏死。李浩是四川大学附属华西医院（以下简称华西医院）抗震救灾医疗队的队员，北川中学是他赶到的第一个救援现场，段志秀是他救治的第一个孩子。

"我不去医院，我不住高楼。"在下面被埋了15个小时的段志秀恐惧地喊着。

"我们去的医院救助点里没有楼，在坝子里，你放心。"李浩在救护车上一路安慰段志秀。5月13日清晨6点，李浩将段志秀护送到安县临时救助点后，又返回北川继续抢救伤员。

刘敏又饿又渴，在地下度过近30小时后，被二十多个武警战士用四根碗口大的木棒，花了3个多小时抢救出来。一同被挖出来的还有她的同桌以及她前后三排的其他8位同学，只是他们已经永远地告别了人世……

由于一天一夜的挤压，暴雨中肌肉开始腐烂。5月14日，在临时搭建的帐篷中，医生准备开始截肢手术，刘敏在手术单上签下了自己的名字。

李裕是高一（5）班最后一名被救出来的学生，她在废墟下被埋了整整两天，同时被挖出的8个同学里，只有她一人活了下来。

汶川、北川、青川，从最初的恐慌中醒过神来的人们开始自救，时任国务院总理温家宝同志震后6小时抵达汶川，国家的力量开始动员起来，电视、报纸、网络都开始24小时不间断地报道，整个国家都屏住呼吸关注着这里的救援，全世界都开始关注这场大地震带来的伤害。

5月14日上午，温家宝同志来到地震重灾区北川县。在北川中学救援现场，面对参加救援的全体人员高声说，当前最重要的任务就是尽力救援幸存者，哪怕只有1%的希望，也要尽100%的努力。

"众志成城，抗震救灾！"整个国家都回响着这样的声音，无论打开哪个电视频道，右下角都是这8个黑白色的字。

震后救援现场，救援人员争分夺秒与死神赛跑。在看到亲人未能活着被救出，一名妇女撕心裂肺地呼号："让我再看他一眼！"陈建／摄

从睡梦中醒来

四川省成都市，午睡中的市民王志航因为剧烈的晃动从梦中惊醒，慌乱中跑下楼，发现邻居们都在匆匆逃命，那一刻她以为是世界末日降临。

震情不明，所有机关、企事业单位均收到成都市政府关于全体放假的通知。整个城市，红绿灯已成为摆设，任何一条马路上都是奔驰的汽车。人们携家带口躲地震，广场、公园、学校，只要有空的地方都搭起了临时帐篷。

王志航，这个即将退休的退伍女军人，在听到电视广播里传来的关于地震造成的种种伤害后，再也坐不住了。她必须做点儿什么，军人的血液在她体内沸腾翻滚。

成都市血液中心，迅速搭建起了爱心献血站。

惊魂未定的人们排着长长的队列等候献血，王志航的朋友吉红也在队伍中，她已经排了五个多小时。电话里人们相互交流着信息，越来越多的人涌入排队队伍。

"菡菡来了，毛毛来了，曼萍全家都来了。"吉红在电话里跟王志航说，"我也去，等着我，我马上去。"王志航热血沸腾。

"你不要过来，你的血液里有癌细胞，不能献血。再说你52岁了，超龄了！"吉红在电话里喊道，王志航如浇一头冷水。

"我要去做志愿者。"王志航心想一定要做些什么。

这位在部队当过卫生员的老兵，迅速意识到医院才是自己的用武之地。

从灾区被救援出来的伤员源源不断地被送往成都，19个区县的医院全部爆满，很多伤员只能在临时搭建的帐篷里处置。王志航冲进四川省人民医院的时候，发现医院里完全是混乱一片，地上、走廊到处都躺着呻吟的伤员，血腥味弥漫在空气中，医务人员几乎小跑着，奔忙着……

"我迅速找到临时应急病房，包下两间开始战斗。"王志航后来回忆说，那一刻涌上心头的真的是"国家有难，匹夫有责"。

病房里一张张惊魂未定的面孔望着她，如同望着救星，开始七嘴八舌地讲述地震的经历和伤情。大部分人被救出来的时候，什么都没有带，只带了一条命，有的人甚至二十多个小时都没吃过饭。

"活着就好，先吃点儿东西，买点儿急需的日用品。"王志航说，所有的语言都无法表达当时的感觉，那就每位伤员先发300元。王志航马上打电话，通知自己的后援部队——公司里的几个干儿子干女儿，告诉他们找到阵地了，迅速送来衣物、食物、毛巾及一次性杯子。

从此生物钟改变了，无所事事的家庭妇女开始忙碌起来，从不早起的王志航每天花十五六个小时奔波在各个医院，出门大包小包，回家只管睡觉，消除一天的疲劳。联系接待来自五湖四海的志愿者，安排食宿，安排到各医院做志愿者服务，快速培训大学生志愿者简单的陪护知识。联系接收救灾物资，发放抗震救灾物品。

5月12日成为王志航新生命的诞生之日，灵魂裂变的声音在身体中嘎嘎作响。从未有过的使命感油然而生，她每天在各个病房走访，询问这些受难者需要什么帮助，将自己家里的衣物拿来给老乡和他们的家人换上，又带回他们的血衣脏衣回家去洗。

有一天进病房，她突然一下愣住了，屋子里躺着和站着的十几个人都穿着自己熟悉的衣服，一种奇怪的感觉涌上心头，好像他们都是自己认识了很多年的人。

他们笑了，异口同声地说："都是你给我们的衣服啊！"

"你们能不能不要同时穿。"感觉自己有点儿像穿越时空的王志航说。

仅仅21天，华西医院就收治了2 618名地震伤员，其中危重伤员1 153

人，急诊手术1 239台，血透77人。每天都有数十台手术在连轴进行中，医护人员忙得不可开交，志愿者们从四面八方涌来。2008年5月，通过共青团系统报名参加抗震救灾的志愿者多达106万人。

这是所有人的战争，这是生和死的交锋。

北川中学救出来的第一批学生，最初都被送到安县医院救治，但当地的医疗条件显然无法接收这么多因挤压造成重伤的病人。

5月14日，接到命令支援绵阳四〇四医院的李浩又遇到了段志秀。就在一个地震棚里，利用一台血压仪和一个简易的呼吸球，14日当天他们一共做了16台手术。

外面下着雨，地上都是水，地下都是血。

一切因陋就简，场地狭窄，医生施展不开手脚，只能一点儿一点儿切割。也因为条件所限，对段志秀只能接受局部麻醉，整个手术中，她都是清

每一个鲜活的生命被成功拯救，现场都会响起人民子弟兵的欢呼声。陈建／摄

醒的。感受着巨大疼痛的她并没有害怕,没有哭泣,也没有叫喊。

"她的眼神很顽强,求生的欲望很顽强。"李浩感受到了这个女孩的坚强。护士看到段志秀冻得瑟瑟发抖,就从旁边捐赠的衣服里找来一件绿色的毛衣给她搭上。

打了局部麻药的段志秀,清楚地听到医生咣当咣当地拿刀动手术,有点儿像锯子在锯的声音,接着她又听到了关节分离的声音。护士使劲拉的时候,段志秀还说:"轻点儿!"

看着自己的腿一点儿一点儿被锯掉,手术结束后,段志秀问了一个令医生颇感为难的问题。

"可不可以把我的腿还给我呀?可以装在那个袋子里面,回去风干装在盒子里还给我。"段志秀央求大夫给她留个纪念。李浩还真认真考虑了一下,严肃回答说:"不行,这是医疗废物要处理的,给你腐烂了怎么办?感染怎么办?"

段志秀眼睁睁看着自己的那条腿被装进了黄色垃圾袋。

手术后的段志秀立刻陷入险境,她的肾脏和肺因严重挤压而出现衰竭,只能靠血透和呼吸机维持生命,一直处于昏迷状态。两天后,段志秀出现严重手术并发症,急性肾衰、心衰、左上肢活动障碍等症状开始出现,数度陷入昏迷。

"我要活!"清醒时段志秀写了这样一张字条给抢救她的大夫。

当时她的病情突然恶化,已经不能自主呼吸,她需要一辆带有自动呼吸机的救护车,把她送往华西医院,但是当时整个绵阳都找不到这样的救护车。

必须立刻转院治疗!最后被告知有呼吸机的救护车来了,处于半昏迷状态的段志秀感觉自己像在大海上漂浮一般,一个浪头接着一个浪头,好像永无止境。5年之后,她才知道自己当时并没有等来带呼吸机的救护车。那一

遭受地震肆虐后的北川老县城。

媒体记者在北川中学废墟前祭奠遇难师生。成卫东／摄

天，摆在她面前的只有两条路，生或者死。

医生们面临着艰难的抉择，不送往成都，段志秀基本上没有生的可能；送往成都，在没有呼吸机的情况下，她有可能在路上就死掉。最后当班医生挺身而出，冒着巨大的风险开着救护车上路了。

一路上，他们一边和段志秀说话，一边两个人轮流手捏着呼吸气囊，没有停息地把段志秀护送到了华西医院。段志秀后来试着捏过那个呼吸气囊，捏得重了受不了，捏得轻了又不行。

5月20日，华西医院重症监护室的金小东大夫清楚地记得，刚被送来的段志秀情况十分严重，被送到医院后，院长、科主任、专家等都到了重症监护室。经过科主任康炎、主治医生周琰十多个小时的检查、治疗，段志秀的生命体征才逐渐平稳。

经过对症治疗，段志秀渐渐好转，甚至能脱离呼吸机。

"再晚两小时，你就没命了。"这是被救出来时医生对刘敏说的第一句话。从绵阳四〇四医院的重症监护室到重庆第三军医大的重症监护室，16岁的她由于在废墟中长时间被挤压，肾功能衰竭、骨盆骨折、右大腿以下缺失、腰椎第四第五节严重突出、左手神经断裂、左腿外侧神经损伤……同样是在帐篷里，同样是在没有麻药的情况下，刘敏亲眼看着医生截掉了自己的右腿。

在救护车上，被救出来的杨凤一直盯着一个坏了的风扇看，风扇转啊转，她想她好不容易活下来了，可别让风扇掉下来砸死。被送到绵阳四〇四医院的时候，医生看到的杨凤是开放性骨折，骨头都露出来了，就开始抢救，先把左脚底板给缝了缝。

血管被压得堵塞的杨凤感到浑身说不出来的痛，她开始不停地喊叫："我不要这条腿了！"转移途中碰到的一个初中同学杨志清则不停地安慰她，喊来医生剪开裤子一看，不行，还得截肢。医生对她说："腿保不住了，骨

第一章
生死交锋

头都碎了，你一动可能就瘫了。"说着就拿着笔在杨凤腿上画了一个圈。动手术的医生也许是受了伤，他是坐在轮椅上给杨凤截的肢。

也许是太困了，一直陪着杨凤的杨志清在她手术的时候睡着了。结果杨凤手术完就被推到另一个房间去了。等杨志清醒过来的时候，正好推出一个病人来，她一看到就开始抱着哭了起来，喊："怎么做个手术出来就变成这样了？"

李裕也被从安县医院转送到了绵阳市中心医院，这里的混乱也还没有过去，那些重伤员被重点救治。被救出来的李裕穿着完整的衣服，只是头发有点儿乱，看着似乎没事。医护人员也就没有来关注这个女孩，其实李裕的右腿已经完全没有知觉了。

实在忍不住疼痛的李裕后来拉住了一个路过的人说："我后背特别痛，你帮我看一下嘛，也不能左右翻身。"这样才找来了一个护士，她马上把李裕的牛仔裤给解开，发现她的腿已经全变成紫色，肿得特别特别大。护士马上就叫了一个医生，把李裕搬到帐篷里边，做了一个减压手术，把右腿两侧划了几道特别长的口，左边两道，右边两道。

做完手术的李裕又被抬到广场上，两条腿被纱布缠起来。当天晚上她开始迷迷糊糊地发烧，5月15日李裕的爸爸赶到时，那条腿已经感染了，必须截肢。

同意右大腿截肢后，李裕对爸爸说："把我的腿冻起来，改天等我好了再接起来好不好？"爸爸说："那怎么行，改天爸爸给你安最好的假肢！"

稍后被送到安县的李安强也即刻面临生死选择。医生临时又找了一辆货车将伤势严重的李安强送往绵阳，那天下着雨，在露天的车斗里他冻得瑟瑟发抖。

第二天中午，李安强双腿被截肢。晏鹏、王飞、郑海洋、郭冬梅，这些从地下被救上来的孩子也几乎在同一时间段内被截肢。比起地下惊魂的那些时刻，此刻的疼痛并未让他们觉得如何，他们失去了自己身体的一部分，但死神的阴影并未离他们远去。

高烧，反复地高烧！

手术，不停地手术！

一位医生说，你们能活下来，就是奇迹！

王志航说："可能就是在那一天一夜，或者那一瞬间，就让他们成为强者了，虽然他们并不真想成为这样的强者。强者是被逼出来的。"

组图（23—26 页）：2008 年 5 月 16 日，
北川震后 100 小时后老县城情形以及救援情况

段崴／摄

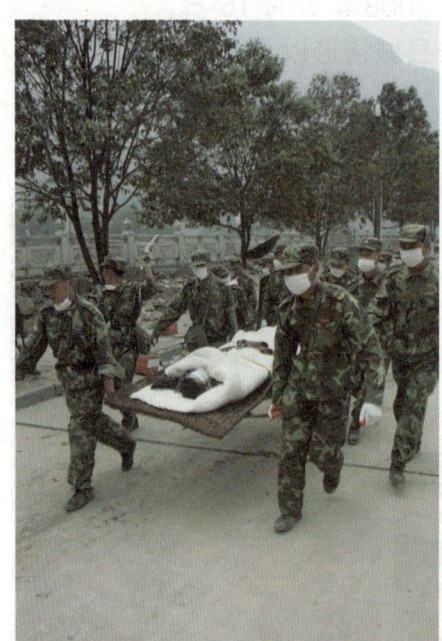

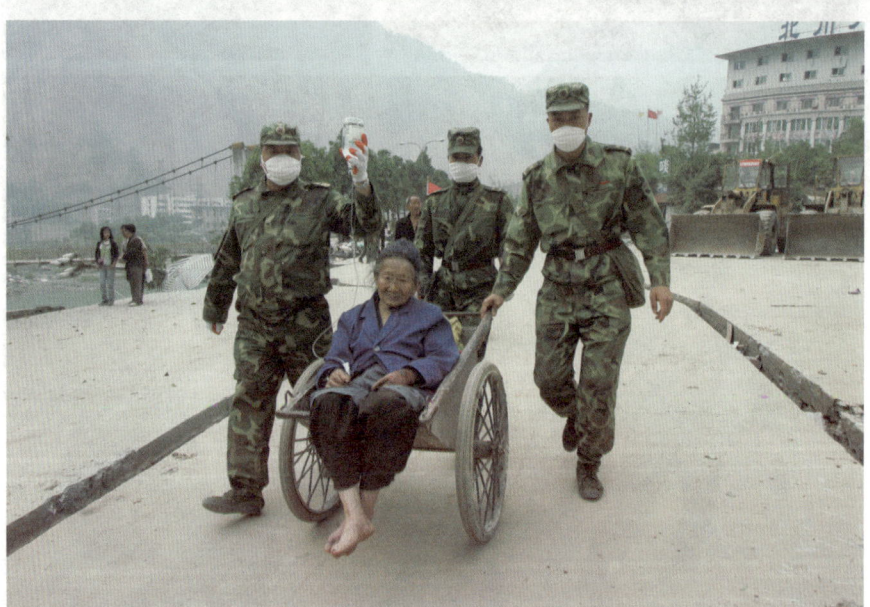

第一章
生死交锋

第二章
Chapter 2

站起来！

那里有悲痛与毁灭，而你是奇迹。

"我要读书!"

尽管气管因救治被割开,无法发出声音,只能用口型表达,但 16 岁的段志秀依然努力地试图说出这四个字。

有人递过来一个本子,那是医生护士们每天和段志秀交流"笔谈"必不可少的工具。

她颤抖地用手写下了这四个字。

这一天是 2008 年 5 月 24 日,汶川特大地震后的第十二天。时任国务院总理温家宝同志来到华西医院看望在此接受治疗的地震受灾群众。

本来温家宝同志已经走过了,但有位医护人员说了句"这里还有一个北川的学生",曾经在北川中学情不自禁流下眼泪的温家宝同志停下了脚步。

他返回来,把头低下来,看着病床上那个插着各种管子的北川女孩,伸出了他的手。

"好温暖好温暖",因为失血过多一直觉得冷的段志秀心想,那句"我要读书"的话自然而然涌上心头,她后来都诧异怎么会说出那句话。

但这句话显然击中了这位酷爱读书的国家领导人,他曾在汶川灾区对着满目疮痍的学校数度流下眼泪。这个身受重伤却仍然希望上学的孩子令温家宝同志再次动容。他接过本子,写下了这样一段话:"昂起倔强的头颅,挺起不屈的脊梁,向前,向着未来坚强地活下去。"

这段话,后来被写在新北川中学的每一面墙壁上。

这一段被随行的中央电视台记者拍了下来,全世界都看到了这个坚强的女孩和温家宝同志的对话。混乱中,段志秀的名字被记者叫成了"梁志秀"。但有什么要紧呢,成千上万个像志秀一样的孩子在猝不及防中遇到了人生中最大的灾难。他们醒来后第一时间却在想着："我什么时候能回去读书呢？"这正是让这个民族绵延不绝的一种传承。

用笔写下的这段对话，更像是一种誓言。捧着总理的字，泪水从"坚强女孩"的眼角滑落。护士说，这是入院后第一次见她流泪。

此前一天，这位国家领导人前往长虹厂区（当时北川中学的临时安置点在这里），在刚刚复课的北川中学师生面前，写下这样几个铿锵有力的大字："多难兴邦。"是的，废墟上不应只有瓦砾、残垣断壁，废墟上更应有力量、奋斗、追求和希望！

扼住命运的咽喉

但"段志秀们"重返校园的路，比其他普通孩子要来得更长一些。

躺在病床上的刘敏没有过多地意识到失去右腿意味着什么，从重症监护室转到普通病房后，这个天真的小女孩天天幻想着医生批准她下地行走，她甚至暗暗庆幸着自己被截掉的是右腿，因为她用左腿能够跳得更远。可当她真正尝试着下地时，她才发现自己连站立都做不到。帐篷里恶劣的手术条件，导致她的截肢部位受到了感染，这些病菌潜伏在她的残端，当她第一次下地站立时，腐臭的血水聚集在残端，顺着伤口滴下来。她后来不得不面对一次又一次的手术。

做完手术的李安强遇到了生命中的又一个贵人，志愿者张玲第一眼看见他时，他右眼肿得眯成一条缝，手肘上有很多伤，双腿上缠着厚厚的纱布。那天晚上李安强很烦躁，不断乱动，为了防止李安强无意中碰到刚刚截完肢的伤口，医生将他的两只手绑在了床上。看着他双手被绑着躺在那儿，张玲心里非常不是滋味。她后来跑到街上买来牛奶、香蕉、橘子，解开绑住李安强的绳子，喂他吃，陪他聊天，让李安强渐渐平复下来。

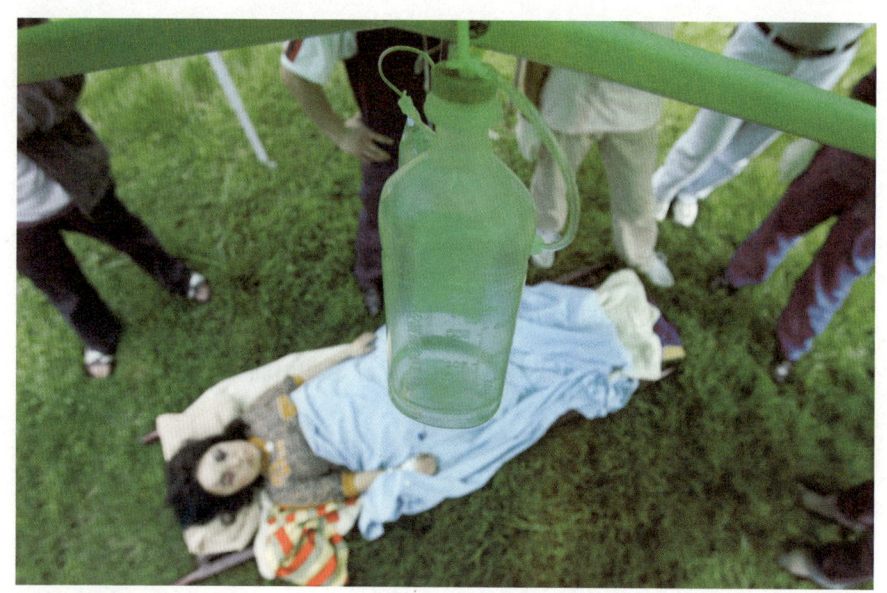

汶川地震后,由于伤员众多和安全考虑,许多医院不得不在户外空地上对患者进行救治。
陈建/摄

　　重症监护室里有大约 20 个重症病人,有 10 个左右做了截肢手术。有很多都没有联系到家人,李安强就是其中伤势最重的一个。在重庆中国人民解放军三二四医院做康复治疗的日子,是李安强最艰难的时期。到了晚上,他疼痛得无法入睡。张玲就一直陪着他,给他按摩腿,拿毛巾用温水一遍一遍地给他擦身体。

　　"有时候甚至一个晚上都没法入睡。他不睡我也不能睡,就一直陪着他。不管多么困,我都会坚持着,陪着他。那段时间严重缺少睡眠,晚上不能怎么睡,白天几乎也没时间可以睡。有好多次都累得不行了,我告诉自己要坚持住。我有一个信念,就是通过我的努力让弟弟好起来。"张玲说。

　　有一天太累了,张玲就在病床上搂着李安强睡着了。

　　"他们俩抱着睡,我以为是志愿者又占了病人的床,很不高兴。也看不清,以为是男女谈恋爱,搂抱在一起。"赶往医院的志愿者王志航很不高兴地训斥这个两不讲规则的人。

李安强听到了,用两手撑起身子,向前一跃就到了床头。

"我被震到了。"王志航头一次见到李安强,心立刻就软了。

郭冬梅是5月18日才被送到重钢总医院的,但是因为病情太严重了,21日不得不又被转送到重庆医科大学附属儿童医院。从昏迷中醒来的郭冬梅才发现自己的左腿被截了肢,右腿也有着一条接一条的伤口,感染严重,做了大概七八次清创手术才保住,一度虚弱到只有46斤。

"当时我真的不想活了,觉得这场噩梦太残酷了,以后我可怎么办啊?"郭冬梅说,她经过5个多月的治疗才出院,回到成都,就到康复中心安假肢了。

和温家宝同志对话后不到8小时,段志秀就陷入了昏迷状态!

高烧、肚胀、血小板急剧减少,医生不得不立刻给她使用呼吸机,原卫生部派来增援的重症医学专家、上海瑞金医院重症监护室主任陈尔真说,这种创伤病人在后续治疗中几乎都会出现感染,对病人来说无疑是第二次打击,"脏器功能又开始走下坡路,如果不及时阻止脏器功能障碍发展下去,病人就会器官衰竭死亡"。

刚刚缝合的伤口又一次被划开,鲜血四溅。略清醒的段志秀看到血块飞到了崭新的护士服上,就连连对护士说"对不起",用她无法发出声音的口型。

5月27日、28日、29日、30日,段志秀处于持续的昏迷状态,她的病情没有丝毫好转,反而越来越恶化。

5月31日,死神逼近,之前她只是肾、肺、肠道功能衰竭,此时肝功能也出现严重衰竭。医生们都明白这意味着什么,在国际医学界,一个人如果3个器官出现衰竭,死亡率为80%左右,4个及以上器官衰竭,死亡率几乎是100%。

段志秀，是 6 个系统都出现了严重衰竭。

当天下午 6 时，一场紧急会议在重症监护室会议室进行，会议室里满满当当坐了 40 余人，包括原卫生部专程派来增援的十余名国内最权威的重症医学科专家，以及华西医院的重症监护室专家、从各科室紧急赶来的主要力量等。晚上 8 时会议结束，一套刚刚经过调整的抢救方案及时实施在段志秀身上。在国际上也算得上先进的血浆置换、内毒素吸附等技术都先后用于救治。日本捐赠的细菌毒素滤器也被迅速派到"战场"，人工物理疗法、中医中药疗法，统统被用上。

"我害怕以后不能说话了，怎么办？"

"我害怕在换药的时候死去，怎么办？"

段志秀手写的字条上充满了这样的恐惧，陈尔真会耐心地给她解释。这位上海来的医疗专家与段志秀的爸爸年龄相差无几，也成了段志秀在治疗中最为信任的人。当某一个夜晚醒来找不到陈尔真，她就会焦躁地在纸上写"上海、医生、陈叔叔"，让护士快去找。

5 月 31 日下午，陈尔真劝她睡睡，她却撒娇起来："我不睡，我怕你离开我。"面对这个比自家孩子还小一岁的女孩，陈尔真内心的父爱被深深激起，他说："你一定要睡的，不睡不行，我不离开你。"

段志秀将信将疑，她郑重地在纸上写下"我醒来后第一眼要看到陈叔叔"，得到陈尔真的点头认可，她才安心睡觉。

"为什么要把我放到杂物间？"断断续续昏迷的段志秀在 6 月 1 日醒来时，第一感觉却很诧异。她自然不知道，为了抢救她，这间重症监护室里摆满了各种仪器、各种线，看起来是乱糟糟的。

接着她就看到了儿童节的礼物，一个奥运福娃。

"现在，我每天的生活就是早上 7 点起床，吃早餐；8 点到矫形中心戴上假肢学走路；10 点左右回病房，接受医生的按摩治疗；11 点多吃午饭，然后休息;下午2点再到矫形中心学走路,4点回病房给腰部的伤口换药和进行消毒处理;5点多吃过晚饭后,如果医院没有安排活动,我就坐着轮椅下楼逛逛,看看书。"王飞的康复训练安排甚至比在学校上课时的安排还要紧张,但这个爱活动的男孩却比较心细。

两个同班同学死里逃生之后,又偶然在同一所医院相遇了。

"听说楼里有个北川中学的学生,我天天追着护士问,你帮我问问他认不认识段志秀,你帮我问问他的班主任是不是×××,你帮我问问他是不是高一(5)班的。"段志秀催着护士去问清每一个可以确认身份的细节,就害怕弄错了是空欢喜一场!

确认身份后,由于两个人都还在病床上不能下地,王飞和段志秀只能让护士当"交通员",两人隔空开始互相赠送牛奶、香蕉和零食,通过字条传递关于同学之间的信息,劫后重逢的感觉实在是太珍贵了。

6月份能够下床的时候,段志秀第一时间就坐着轮椅去看王飞。两个同学终于可以聊聊身边的人和事了,虽然坐了半个小时不到,段志秀就感觉虚弱得要晕倒,但是两个人都很开心。

尽管是一个班的同学,但之前他们并不熟悉,在医院里两个同学才拍了人生中第一张合影。"他在病床上,我坐着轮椅,他们开玩笑说感觉我们俩都在同一张床上。"段志秀说起这张被人误会的尴尬照片,日后则成为她永远的怀念!

2008年9月1日,是北川中学秋季开学的日子。地震后幸存的孩子大多返回了校园。但是,段志秀、王飞、李裕、张凤、刘敏、郭冬梅、李安强仍只能躺在病床上通过电视看着自己的板房学校开学。

这是他们不得不面对的现实:无法像正常人一样站起来。要回到学校,他们得付出更为艰辛的努力,超出常人百倍的奋斗!

在重症监护室的日子并不好过,但他们终于熬了过来。

2008年7月至8月，在重庆市、成都市的各个医院，很多截肢的孩子陆陆续续出院了，北川中学就有12名，他们集中到四川省假肢厂进行康复训练及安装假肢。

康复中心成了他们新的人生课堂。

整个二楼都是给装了假肢的人们锻炼用的，这里有孩子也有大人，多数来自地震灾区。除了这些锻炼的残疾人，这里一直少不了志愿者，陪伴他们，给他们鼓励和勇气，这里也一直少不了欢声笑语。

李安强每天都要做上百个仰卧起坐，这个坚强的孩子从清醒过来的第一刻起，就知道自己必须依靠上肢站立起来，他几乎是第一时间就开始了锻炼。

刘敏开始学习站立，从一分钟都坚持不了到挂着拐杖满医院走。紧接着她开始学习使用假肢，从痛得一秒钟都不想再穿戴假肢到较为正常地行走。用一个普通的假肢关节，一个大腿截肢患者，要想做到交替下楼梯，是一件很难想象的事情。但这个钢铁般的姑娘硬是在摔过无数次后战胜了自己。

在电视里，这些孩子听到了国家领导人的鼓励——"地震过去整整110天了。北川中学站起来了，独立不惧、坚韧不拔，靠自己的双腿站立起来了……要永远面向光明的未来。正如太阳总会出来一样，未来永远是光明的！"

刘敏流着泪鼓励自己——"我要靠自己的'双腿'站立起来！"从开始做假肢到离开假肢厂，刘敏只用了10天，是在假肢厂里待的时间最短的一个孩子。

刚开始，使用假肢是一件极其痛苦的事，不仅容易摔倒，还有生生地一次又一次地将皮肤磨破，让它愈合再磨破再愈合，祈求它快点儿长出老茧。

2008年10月17日,张凤在假肢厂迎来了自己的17岁生日。

点蜡烛、切蛋糕,妈妈们在隔壁厨房弄出了丰盛的饭菜,14个人坐在两张病床上,围着一张小桌子,高唱着"生日快乐"。张凤17岁了,再过些天,她和李裕就要回北川中学上课了。

但是她必须先完成一段康复训练!

为了重新站起来,必须将残肢力量训练到足以带动假肢,而正常的腿也要有足够的力量协助保持平衡。每天重复的力量训练,脱敏,保持平衡,日复一日,这是一场枯燥又乏味的马拉松。当天张凤的假肢装得不顺利,她总觉得两腿很疼。但是康复训练的任务并不能减少,医生说,因为生日给她破

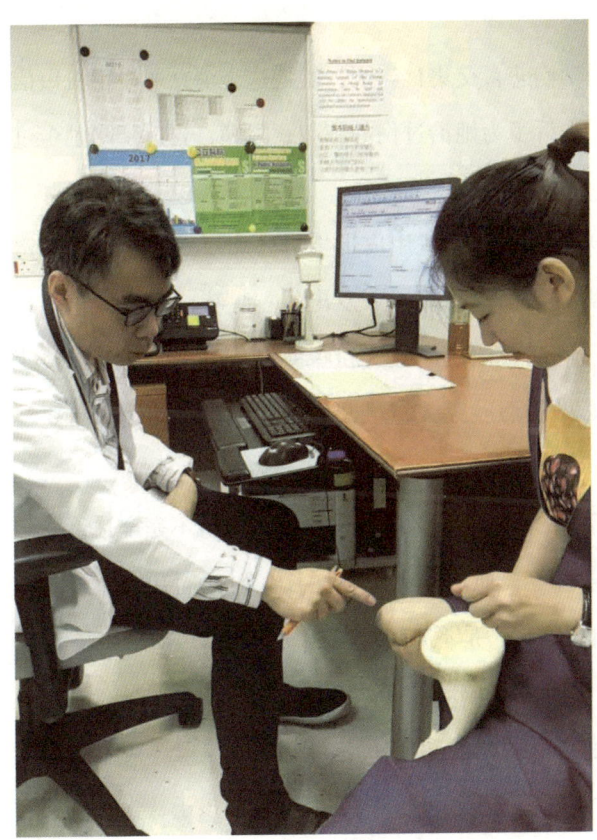

图为李裕之前在恢复训练时的照片。2017年8月,李裕残肢长了骨刺,不得不再次手术。她说,比起九年前大大小小的手术,这不算什么,但是麻药的反应、残端重新进入接受腔的痛苦还是让她倍受困扰。余坪/摄

例，只要她推着轮椅，从走廊这头走到尽头，就算完成任务。为了使轮椅稳定，轮椅上必须坐一个人让她推。

一位专程赶来陪伴张凤的志愿者充当了这个角色，"比起以前她与同伴们互相推，我的体重显然让她感觉更吃力，我坐在轮椅上，缓缓地感觉着她付出的每一分艰辛，感觉着她向前方目标靠近所付出的努力"。

张凤截肢后又经历了5次手术，巨大的创痛让她恢复很慢，她成了在四川省肢残康复中心待得最久的伤员。2008年9月初，四川省肢残康复中心的技师们在取腿模后精心地用德国奥托博克的材料为她量身定做了一对装有气压关节的假肢。

9月10日，张凤忍着剧痛，借助这对假肢呻吟着站起来了，这是震后张凤的第一次站立。

在场的康复医师和同学们悲喜交集！当天，她把这个消息通过手机短信告诉了已经上课的同学，告诉了为她治过伤的叔叔、阿姨，告诉了陪她走过最艰难的时期的志愿者。

那段时间，张凤每天都在训练室里用皮带把自己那双残缺的大腿固定在康复器械上，吃力地做着仰卧起坐练习。发出的"呼哧、呼哧"的喘息声，在楼道里都能听见。同时，浓烈的爽身粉味儿也从康复中心的二楼飘出，张凤开始学习每天必做的假肢穿戴，最开始这样的例行动作都需要耗费几个小时。

长时间的站立，然后迈出第一步，像婴儿一样！不，也不完全是，婴儿走路的时候是在学着探索世界，肌肉的力量在增长。而他们开始探索的时候，感觉完全指挥不动自己的腿，是不知道如何运用肌肉来迈出脚步！

不只是张凤，每一个孩子都面临着这样的考验，每一步都像是在刀尖上行走。晚上脱下假肢的时候，从接受腔取出的泡沫垫血迹斑斑。

康复中心的医师张家鑫说，张凤是他见过的最刻苦的孩子，为了自己能

第二章
站起来！   37

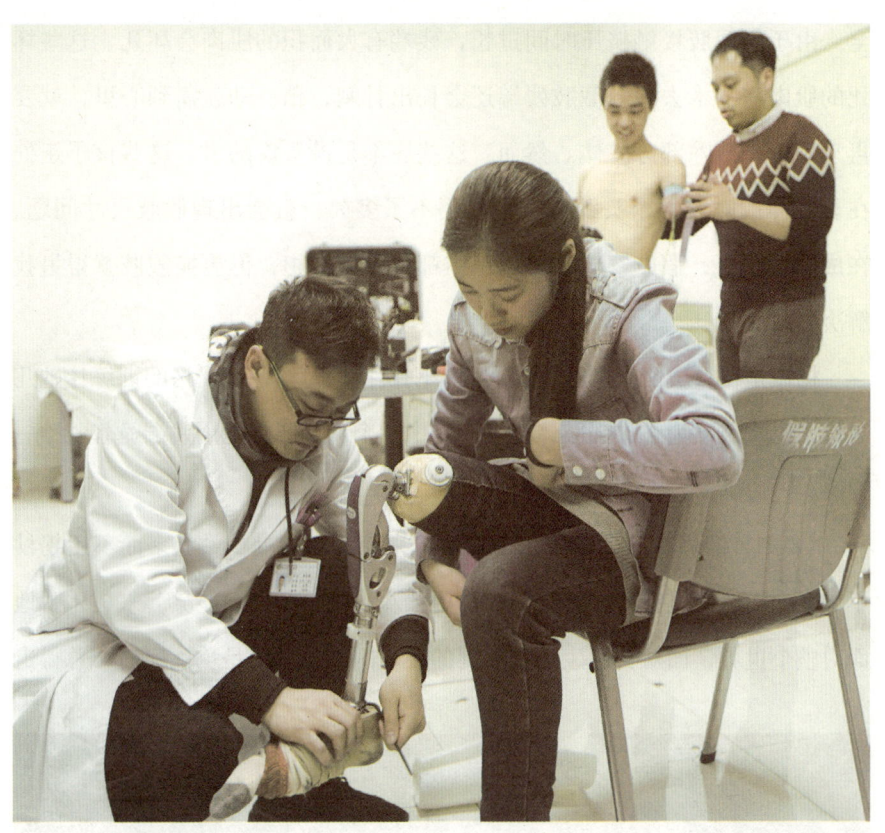

杨凤和伙伴们正在接受医生的检查，在过去的十年中，由于她们身高、体型不断的发生变化，假肢需要进行不定期维护，需要多次更换接受腔，而每一次更换，都是一次巨大的折磨。
余坪／摄

够站起来行走，经常练习到累得话都说不出来。有时候也会情绪不佳，甚至还会把假肢丢在一旁，但过一阵她就站起来重新训练。冬天到来时，倔强的张凤仍一直穿着短裙，她说这样穿脱假肢方便。别人见状总问："冷不冷？"张凤笑答："腿是假的，还冷啥子？"

　　肢残孩子的康复问题非常复杂，其复杂程度超出一般人的想象。

　　新假肢装上后，孩子的身体要适应假肢，其中的困难不用多说了，光那疼痛，就算是成年人，也未必经受得住。而孩子们伤口的肉，大多都没长全。由于与假肢接触挤压时间过长,残端有大面积的肌肉会坏死,这些坏死的肌肉需手术去除。截肢残端还会长出骨刺,稍一动就痛到心里,就要再动手术,截除部分肢体。然而,这些还不是最头疼的事。这些孩子正处在长身体的时候,个头蹿得很快。用不了多久,就会出现假肢尺寸问题。在成都假肢厂,假肢安装的费用基本都由国家承担,但更换假肢就得另找解决办法。

杨凤是在重庆西南医院换的假肢,刚换掉的时候各种严格的训练让她几乎打了退堂鼓。为了加强肢体力量,其中一个训练要求她用残端跪着,她一边哭,一边练,每天就盼望着开饭时刻。

"要刻苦锻炼自己的身体,争取站起来而不用拐杖,站起来而不用拐杖不单指生活,而且指我们整个生命的历程。我就希望你们能笑起来,乐观地面对整个世界,面对自己生活上遇到的一切困难,哪怕是坎坎坷坷,总得走

2008年5月22日,北川中学在绵阳长虹培训中心复课,师生们在临时板房教室内恢复教课和学习。

下去。"第 5 次到北川中学的时候,在康复训练房里,温家宝同志对这群孩子说。

2009 年,这些孩子陆续回到了北川中学的板房中。

2010 年 8 月 17 日,在北川中学的竣工典礼上,刘敏代表所有北川中学的学生上台致辞:"北川中学重建,凝聚着广大爱国华侨华人和社会各界的无私爱心。请允许我代表北川中学全体学生感谢你们!……谢谢你们为我们创造了这么好的学习环境,谢谢,谢谢……"这个花季少女哭着说了二十多个"谢谢",现场数百人及电视机前无数的人泪如泉涌。

一切刚刚过去,一切刚刚开始!

向上的青春

2011 年,汶川震后第三年。

直到 8 月下旬,北川中学高三(7)班的郭冬梅才得知自己被天津体育学院录取的消息。开学临近,她有意识地加大训练量,一遍遍地蹒跚学步,像 20 年前刚开始走路一样。她平时坐在轮椅上偶尔会觉得左脚趾隐隐作痛,微风袭过,左腿裤管空空如也。

"这在医学上被称为'幻肢痛',许多被截肢的人,会觉得被切除的部分依然存在。"王志航看在眼里,痛在心上。第一次见郭冬梅的时候,她就在自己的博客里写下《就让她是最后一个截肢女孩吧》,那个阶段,王志航的心已经被这些孩子紧紧揪住。那时的郭冬梅已经瘦到皮包骨头,除了皮就是骨头。"因为地震中右腿神经受伤,她的腿已经失去知觉,康复时我们必须拿超过 60 ℃ 的水去泡,她才能有知觉。"

在 5·12 地震后三年多时间里,一直关爱着北川中学1二十多位伤残孩子的王志航被这些孩子亲切地称为"干妈"。

2011年6月，北川中学35名地震致残学生参加了高考，这是残疾考生人数最多的一年。他们大部分已经在北川中学多待了一个学年，地震后由于治疗耽搁了太长时间，他们不得不选择留级重上一年高一。他们普遍表现得比震前更为刻苦，但高考成绩并不理想。

被中国药科大学制药工程专业录取的廖琪，以543分的成绩位居北川中学理科考生第三名，也是被重点大学录取的7名理科生中唯一的残疾学生。廖琪在地震中失去了左小腿，她的父母作为北川中学教师，当时都忙于救援自己班上的孩子，无暇顾及遇难的老母亲和埋在废墟里的她，这成为廖琪地

地震发生后，廖琪的父亲廖光明（北川中学教师）一直忙于抢救学生，没来得及第一时间抢救自己的孩子，震后的廖琪一度十分消沉，最终她战胜自我，走出震后的阴霾，目前正积极攻读华西医科大学药理学专业硕士研究生。
余坪／摄

震过后一度抑郁的原因。

2008年冬天，廖琪在自己的QQ签名档上留下一句"其实自杀也是挺不错的"，这句话惊动了许多人，好在心理干预起到了积极效果，留级后廖琪的学习成绩也一直位居前列。

并不是所有肢残学生都能笑到最后。北川中学在官网公布，2011年高考全校本科上线214人，震前与廖琪成绩相仿的郭冬梅等考生则未能入列。393分！这是一个令郭冬梅不能接受的分数，即使加上少数民族加分也达不到二本线。地震之后的三年时光，郭冬梅遭遇了生命不能承受之重——大大小小的手术十几次，长期坐轮椅不能直立的悲伤，伤口难愈合穿戴假肢的剧痛，考前接连不退的高烧……但她一直期望能考出一个好成绩，在学校她付出了全部努力却无法战胜病痛带来的影响。地震后郭冬梅左大腿高位截肢、右腿严重受伤，瘦削的脸上没有一丝血色，身体一度虚弱到只有40多斤，"那不过是一桶20升装矿泉水的重量"。

被称为"夹缝男孩"的郑海洋脸上一直保持着笑容，虽然笑容大多时候有些僵硬。这个原本品学兼优的男孩在地震中双腿高位截肢，郑海洋曾对关心他的人们说："我要用我的荣耀向全世界的人证明，你们的付出是值得的。"

他的高考成绩不太理想，只有200多分。高考前那个学期，郑海洋没怎么去上过课，他在寝室里写小说，一天能写几千字，高考结束时已写了十几万字，小说的内容是自己在地震里的真实经历。在《废墟》一章的开篇中，他写道："废墟里充满了死亡的气息，死神在这里认真地寻找那些意志消沉、懦弱的人，并将其灵魂毫不留情地带走，我相信能活下来的人都是勇敢无畏者，都是世界上有价值的生存者。"

时而自信满满，时而悲观不已，"我本来就不想学，我想去擦皮鞋，我还想去挖煤。"郑海洋一再重复。同为北川中学肢残学生的邓阳秋对郑海洋的想法表示理解："他还没从悲伤中走出来，其实真的没必要要求他，不想长大，就先不要长大。"

总有一些金子般的爱心在继续奉献，关爱这些孩子的人们，费尽九牛二虎之力试图为他们寻求一个理想的新起点。在天津体育学院杨茜萍书记的不懈努力下，郭冬梅和郑海洋分别被天津体育学院和天津海运技术学院破格录取。困难接踵而至，在大学里如何独立学习生活成为下一个当务之急。郑海洋的行走能力最不理想，除残端太短之外，不积极地做康复训练也是主因。郭冬梅虽然可以通过假肢间断行走，但由于支撑腿受伤严重，走起来明显吃力。

"我常常劝说他们，能走就走吧，普通本科也好，专科、高职也好。再让这些孩子承受复读的压力，就太残酷了。"看着自己的独生女廖琪以及和她同病相怜的同学们，北川中学历史老师廖光明不无心疼地说，"学校的人都知道我有一个因为地震致残的女儿，不管是作为老师还是作为父母，我都一样心疼，我不愿意看到孩子们复读，他们能够在一次次的重复手术和康复中坚持上完这三年学已经很不容易了。"

考上大学并不令人喜出望外，这些孩子们心头或多或少都有些忧伤。他们担心最多的莫过于两个问题：一是在大学如何与人交往，二是假肢如何更换与维修。2009年，考入西南民族大学社会工作系的魏敏成为他们的榜样，在魏敏看来这些已经不再是问题。

8月20日是魏敏从玉树回来的第二天，她面容疲惫，头发也因为缺少打理而显得蓬乱，虽然失去了左腿，但她行走起来非常自如。魏敏这次在玉树当半个月的义工为藏族贫困孩子支教，她承认自己对玉树有一种情结，同为灾区，他们面临过的，她已经提前经历。时间回到魏敏高考那一年。在填报志愿的时候，文化程度不高的母亲对女儿只有一个要求："你读什么专业都行，但是一定要在省内。"

家人的担心是,如果考到四川以外的大学,首先不一定会有四川那么专业的治疗条件,其次治疗费的减免未必能够实现。5·12之后的四川,在全省建立起针对残疾人士的四级医疗康复网络,伤残人员如须进行医疗康复,全部由政府出资。对于在外地就读大学的肢残学生而言,请假回四川修配假肢将成为一大难题。

魏敏答应了母亲的要求。她还记得,大学入学报名那天烈日灼人,老师看到了拄着拐杖的魏敏,得知她是北川中学毕业生后,老师帮她从只有上铺的四人间寝室调换到有上下铺的六人间宿舍。开学第一节课是自我介绍,已知晓魏敏情况的老师课前把她叫到跟前,告诉她要跟同学平等交往,既不让自己特殊化,也不要将自己藏起来,"能够面对自己就是很大的突破"。虽然已经给自己鼓了气,但出身农村的魏敏还是在自我介绍时激动起来,说到北川的时候她流泪了,泪光中看到了同学们肯定的目光。

大一上学期过半之后,冬天就来了,要强的魏敏不愿意每次都让同学搀扶自己,于是开始一个人慢慢走到食堂,每次到食堂饭都凉了,就这样,她吃了半学期的冷饭。

因为身高、体重的变化以及肌肉萎缩等原因,残疾人需要经常对假肢进行维修和更换。大学两年里,魏敏在四川省人民医院康复中心换过两次假肢,并做过7次假肢维修,有的是在假期治疗,但更多的是在校期间。令魏敏庆幸的是,学校距离康复中心只有一个小时车程,所以比较方便。

7月11日,结束了第二年大学生活的魏敏在QQ空间写了一篇名为《写给自己的一封信》的日志,上面写道:"这两年,你承受的一切,别人不理解,也不需要别人理解。因为这份担当,是你必须自己独立面对的。你不能依赖任何一个人,你必须独立面对所有。只有独立了,你才能和其他人一样,交朋友、谈恋爱、享受生活,追逐自己的梦想。"

地震过去三年多了,魏敏已经习惯了使用假肢的生活,也有人问她地震是不是像一场梦，"我感觉地震前健全的日子才像一场梦，因为它已经远去了。"她这样回答。

2010年，从北川中学毕业的杨凤，在这个夏天已经开始向比她晚一年考入西昌学院的张国先传授经验了。她初次走进寝室的时候，第一时间就把寝室里的另外7名室友都聚集起来，告诉她们："我叫杨凤，来自北川中学，我的右腿在地震中失去了，但我完全可以料理自己的事情。我之所以跟你们说这些，是担心晚上卸下假肢的时候吓到你们。"室友们听完后，不但没有表现出吃惊，反而与这个外形靓丽、行事麻利的女生亲切地交谈起来。

"一句话就一下子拉近了她跟同学们的距离。"王志航很欣赏干女儿的做法——杨凤为避免给同学带来不便，每个晚上都会把卸掉的假肢放进床的内侧。暑假，杨凤在成都市成华区一个家具店打工，每月工资1 200元。刚刚工作一个月，她就已经熟知每一款家具的价格和特点了，她已经开始带起了店员。来自香港的老板对她的评价是：好学、能吃苦、上手快。

王志航的另外一个干女儿王丽，是被从绵竹东汽中学废墟里救出来的漂亮姑娘，左大腿高位截肢。截肢后，她在重庆医院的病床上参加了特殊高考，由于截肢的打击与救治耽误了备考时间，高考失利无奈被专科大学录取。王丽是专科大学里奋斗出来的学霸！女同学异样的眼光反而激发了她的斗志。她在大二升了本科，英语过了六级，大学期间每年都获得国家级奖学金。王丽不仅找到了一个健全帅气的男朋友，更在2015年步入婚姻殿堂。这让那些憧憬爱情的女孩子们很是羡慕。

耗资两个多亿新建的北川中学先进教育设施一应俱全，肢残学生也在此度过了最后一年，但这里并不是他们对母校最美好的回忆。对那些未能跨入大学校门的孩子来说，回到新北川中学，还是选择其他出路，他们还在徘徊。

截至2011年，除了邓阳秋和张凤外，北川中学最后一批经历地震的伤残学生,已经被从高职到一本大学的多所院校录取,其中大部分为专科。这个结果不算理想,不少人确实没发挥好。对于邓阳秋来说,复读已经是不可能的事了,这个单腿截肢的学生是北川中学地震致残学生里唯一的一个孤儿,此前他已经复读过一年。

邓阳秋长着一副与成龙年轻时相似的面孔,鼻子很大。热爱羌族文化的他,时常悠悠然哼唱着羌族民谣。邓阳秋的家庭条件原本不错,父母都是北川县广播电视局的员工。2008年3月,他身患乳腺癌的母亲癌症复发,一年后猝然离世,从那时起他的成绩便开始下滑。两个月后地震发生,他的父亲又不幸遇难,邓阳秋也失去了自己的左腿,一家人只有身在成都打工的哥哥得以保全。16岁的邓阳秋历经父母相继离世,还要面对自己身体残疾的残酷事实。出院以后,这个男孩的学习成绩每况愈下,第一年高考只得了326分,由于对成绩不满意,他决定复读。

邓阳秋家原来的房子被掩埋在废墟中,没有留下一张父母生前的照片,亲戚家也没能找到。25岁的哥哥辞掉了成都的工作,回到北川打工照顾弟弟,兄弟俩相依为命。邓阳秋和哥哥达成了一种默契,他们几乎不谈与地震有关的事情。

在一次英语课上,邓阳秋做数学作业被发现,老师的一句"人还是要有尊严的"让他很受打击,他一度不愿意再踏进校门。一个好心人哀其不幸,怒其不争:"不好好学习,你现在能做什么?做苦力?还是做保安?"邓阳秋幡然悔悟,重新开始学习,但时间已经不够,2011年他的高考成绩为302分。"反正,我是不会再回去复读的。"邓阳秋说,他不愿意再麻烦那些帮助他的好心人,准备通过自己的努力找到愿意录取他的学校。然而,他又说不清楚该往哪一个方向使力。

张凤则做了一个艰难的决定,留下来复读。

在2011年,北川中学校园里的学生轮椅寥寥无几。跟北川中学校长刘亚春表达过复读意愿的残疾学生，只剩下张凤一个人。

王志航收集的张凤的照片中，一个最常出现的画面，就是这个女孩低头在看书的侧影。地震之后，因为抢救时大剂量用药和透析，她的记忆力出现减退现象。这个学习非常用功的孩子在高考前写给王志航的一封信中提出："上了高三，感觉力不从心，包括语文和英语都让我费神吃力，数学和物理更是让我伤心。我觉得自己的漏洞太多了，我都不知从何补起……有时候觉得自己很没用，我觉得现在的每一天都好疲惫，有种稍不留神就会坍塌的感觉……"

更多人宁愿选择离开，哪怕是一个并不理想的学校，张凤做了一个孤独的选择。北川中学校长刘亚春同意了张凤的复读请求，他告诉张凤，如果选择复读的话，一定要静下心来，才能好好学习。

地震后治疗中出现的后遗症不光出现在张凤身上，还持续伤害着其他肢残孩子们。王志航隐隐地担忧这些潜在的伤害，更害怕未来的时间里，当关爱与他们渐行渐远，这些肢残孩子能不能自我疗伤，以及正视这个纷繁复杂、光怪陆离的社会。

2012年，艰苦复读一年后，张凤考入了成都师范学院心理系。她是地震致残最后离开学校考入本科高校的北川中学截肢学生。

迄今，已经有十多个伤残孩子大学毕业后，又陆续考上研究生继续深造。

从地震中获救，再到康复治疗，在板房中求学，这些饱受摧残的孩子们，用坚强的意志、不屈的斗志，在生活中站立起来，并且陆续走出了北川大山。

这是一条漫长的奋斗之路，这是一曲积极向上的青春赞歌！

第三章
Chapter 3

昂起倔强的头颅

它在人生境遇最坏之时降临，
却带我往最好的方向走。

2018年1月27日，腊月十一，段志秀要赴一场十年之约。

从2008年开始，华西医院那些经历过同生共死患难的医生、护士和救治过的孩子每年都要聚一聚，这个活动已经持续十年了，雷打不动。

"愿有人陪你四季平淡一日三餐，住在你心里，又给你新世界！"2018年1月25日，段志秀在微信朋友圈里写道。对27日这个聚会，她真的是又期待又纠结。十年的时间，那些画面都模糊了，但那些记忆并未淡去。她很想临阵脱逃，但是面对这些亲人般的关爱，她又想回到那些温暖的怀抱。

这个已经在兰州大学民商法专业读研究生的女孩，怀着一种纠结不安的心情，与她的闺蜜们彻夜长谈。她与干妈王志航商量："我觉得自己没做出什么成绩，不知道该说什么好。"不过，这一次聚会以后，组织者提议不再一年一聚，改为不定期的聚会，这让段志秀又产生了十分不舍的念头。

"就把你真实的想法写出来，分享给大家，都是你最亲的人，她们关注的是你现在的情况。你害怕什么？大胆地说就行。"王志航鼓励她写下自己的感受。

想跟你们说说小时候的我

"我家那里有绵延的山脉，有潺潺溪流，有成片森林，有满山杜鹃，还有各色各味知名不知名的野花野果。羌族人民喜爱的白石头，在阳光下总是亮闪闪的。我最爱去上小学必经的那条小溪，水很清很凉，水里住着很多小虾和青色的螃蟹，小的像大人的拇指盖儿，我和发小给它们取名叫拇指螃蟹，捉住它们，跟它们讲完话，再放走。我们总是在放学后玩水到天黑，被

震前汶川萝卜寨旧影,被誉为"云朵上的羌寨"。成卫东/摄

父母大声吼骂才全身湿淋淋地跑回家。

"我家有一大片竹林,这是我玩具的来源,宝剑、弓箭、水枪、铁环、陀螺。为了玩陀螺偷偷把棕树的嫩芯割掉做成工具,被爸爸打,因为割掉嫩芯它就不会长了。我小时候就认识很多花草树木和药材,觉得这个世界很神奇,为什么会长出那么多奇怪又可爱的生物出来?5岁多,我虽不识人生之味,但知道了做小学生的滋味,做不完的作业好像每天都能生出子孙后代。好在自己还挺能干,所以才有更多时间去捉螃蟹。那时候的村小教育,真是好随性。我和另外3个同学,总要等其他十几个同学做完作业结束惩罚,才能继续上课。我总是有很多时间可以去探究这个世界的虫蚁鸟雀。要不是后来的经历,可能我永远是个上房揭瓦的假小子。"

在华西医疗救治爱心团队第十年年会上,段志秀终于站起来,那些她此生都不会忘怀的亲人,那些从死亡线上把她救回来的白衣天使,都静静地坐着,倾听着她的发言。

"今天之前的一个月,我每天都又内疚又害怕,我不知道我能分享什么给你们,要把我这一年最真实的状态告诉你们吗?但这次好像告别啊,不应该留遗憾,下一次有下一次的事情与变化。"

掌声响起来了,他们都熟悉那个可爱的秀秀经历了什么样的磨难,那个小小的身体承受了多少的痛苦折磨,那个没有成为假小子的女孩儿留给他们太多的惦念。

"9年前上高一,那时候的北川中学比不得现在,还只是个默默无闻的学校而已,是北川县里唯一的高中,所以,你说它是最好的?没有对比性的评价意义实在不大。当年踏进校门的所有人,谁也不能预见到自己会在这里面临生离死别;也不会想到,其中的一些人会把妈妈十月怀胎、辛苦给的完整身体,弄丢一部分在这个校园里,而太多人却永远留在了这里,成为如今博物馆地下的一抔黄土。那些进进出出的游客,都踩在他们身上。你们都要轻一点儿,不然会踩疼他们的啊!"

时光容易把人抛,那些黑暗未曾远去,那些血泪记忆尚存。

在进入兰州大学时,她也这样给同学们做自我介绍:"我是一个普通的羌族姑娘,父母是日出而作日落而息的农民,用种地的微薄收入供我上学。农村的孩子早当家,所以小小年纪的我就成为家里的劳动力,做饭、洗衣,甚至能替母亲做好所有的家务事。从小到大,总算未辜负父母的期望。小学初中,每学期都能拿回一张"三好学生"的奖状,还在班上担任过班长、学习委员等职务。2007年,考入全县唯一的高中。若没有那场变故,我仿佛就能像所有农村孩子一样一帆风顺地在知识中汲取力量,实现自己的雄心壮志,顺便飞出去变成金凤凰光耀门楣,为父母争光长脸,如他们期望那般。但世事难料,我们永远不可预测明天和意外哪一个先到。"

她在小心翼翼地越过那一天,但这并不容易,重生的路异常艰辛。

第三章
昂起倔强的头颅

段志秀（右）和张凤是最好的朋友，曾一起结伴去敦煌沙漠旅行。图为2018年2月25日，段志秀与张凤寒假期间在一起聊天。

"在华西时，就像回到了婴儿时，被所有人以最大的善意与爱意来对待。一点儿一点儿努力着想要快点儿好起来，对医生"以后戴上假肢就跟以前完全一样，不会有太大影响"的说法深信不疑。后来证明，我可能对'完全一样'这个说法产生了误解，但好像也没有误解，假肢已经陪了我十年，一步一步到现在，有血有泪，但依然能行走在这高山大川中，很知足。可是可怕之处就在于，一切都很完美圆满，我依然变成了这副鬼样子。"

没有人打断她，华西的医生们对从死亡线上回来的孩子有着旁人无法了解的深刻理解。

那是一场战争，生与死的战争，从战场归来的人们没有后遗症是不可能的。也正是这样，对着这群将她从鬼门关上救下来的恩人，他们的秀秀甚至可以这样埋怨他们："直到现在，我也以为粉碎性骨折和三级烧伤达不到需要整个杀掉它的程度。可它真的就成了医疗废物，它不允许医生答应将我的腿装在盒子里还给我的请求，哪怕风干、处理也不可以。它只能血淋淋又孤零零地被放置在黄色废物袋中，最后被销毁。它肯定也很痛，很无助，作为与它朝夕相伴的人，我却不能保护它，拯救它。它一定也会后悔陪了无用的我这些年，随着妈妈把我们一起带到这世上，它尽心尽力陪伴我上房下河，支撑我走跳攀爬，我们说好走一生，本该走一生，我却丢弃了它。"

台下有人泪眼婆娑，这是他们的孩子，是他们见证过的无数个孩子心中永远的痛，也是无数个大人心中永远的痛。

年幼的秀秀，并不理解她失去的是什么，等她渐渐长大，才开始意识到一切都不一样了。

"死，作为生的一部分永存"

在回忆自己的经历时，段志秀用这样一句话作为开头。没有经历过死亡考验的人，不会明白她说这句话时的心境。如果没有华西医院和全国一流医生们的救治，段志秀写下的"我要读书"四个字有可能会是她最后一句话。

之前她一直觉得冷，护士给她盖了至少三床被子，她还是觉得冷。

"我特别想吃水果，就跟护士姐姐说，能跟旁边的阿姨要一个苹果吃吗？"段志秀回忆说，结果她只吃了一口就吃不下了。

"我记不住事情，边走边忘，总之，昨天的画面都模糊了，像是长夜里的一个梦。"

2008年8月15日，医院给她做了"终极手术"。

在她的脚拇指、脚跟腱、脚底、脚内踝做了相应的手术，跟腱增高了8厘米。这样便于给她的左腿安装假肢，让她借助双拐的力量锻炼脚步力量，最终借助假肢能自由行走。刚开始下床时，因伤口还未拆线，段志秀还终日坐着轮椅和病友玩耍打闹，学习用一条腿保持平衡站立，打羽毛球、拿东西，行动多有不便，却妨碍不了她露出爽朗的笑容，也阻止不了她青春之花的绽放。

出院前，秀秀得知了一个令她非常高兴的消息。中国残疾人联合会有一个活动，邀请汶川特大地震中受伤的一些孩子去北京观看残奥会。

北京，残奥会。

段志秀从来没想过自己会到鸟巢，到在电视上看过无数遍的鸟巢去看奥运会，得知同班同学王飞会和自己一起去，她更高兴了。

"我最想看看他们坐在轮椅上是如何运球、投篮的，以后要是有机会，我也想学习轮椅篮球。"段志秀说。王飞不仅喜欢篮球，还喜欢羽毛球、跳水等，这些项目的很多比赛他一场都不落地看了。

9月6日，残奥会开幕！现场的气氛让这两个孩子嗨得无法自已，他们跟旁边的人一起欢呼喝彩。

但是当法国作曲家拉威尔悠扬的《波莱罗舞曲》响起，当同是来自北川震区的孩子李月坐在轮椅上翩翩起舞，当中国"芭蕾王子"吕萌最后将李月从轮椅上托起，让她不停地在空中旋转时，他们的眼眶湿润了。

李月是四川省北川县曲山中学的一名普通学生，11岁的她从小就爱好跳舞和画画，梦想着有朝一日能够成为一名舞蹈家。5月12日，在那场众所周知的灾难中，李月被压在了废墟之下。获救之后的李月也被迫截肢，但是在医院，她对亲人说的第一句话是："我身边的同学都不在了，但是我一直想着跳舞，就坚持了下来！"

段志秀看着她在空中旋转舞蹈，就像看到自己的理想与追求在前方召唤。

"看到残疾人运动员身体里迸发出的惊人的力量,我带着满满的勇气,去面对康复训练中的一切苦与痛。"段志秀说,9月10日是她的生日,她选择在北京的街头做了一天的志愿者,体会到了帮助别人的快乐!

她对自己说:我要站起来!

进行一个多月的强化康复训练后,段志秀逐渐具备了行走、上楼等基本能力,开始自理。她每天拼命练习行走,自己爬楼梯。在刚学会使用假肢时便出院了,而出院第二天就兴高采烈地回到了学校。

2008年11月16日,段志秀重新走进了校园。

"让青春不再迷茫"

绵阳市郊的长虹培训中心,成为北川中学临时所在地。地震中被震倒的那块学校牌匾,被扛回来重新挂起。

重新走进校园,段志秀有种奇怪的感觉,既熟悉又陌生,既兴奋又忐忑。

"昂起倔强的头颅,挺起不屈的脊梁,向前,向光明的未来,前进!"这两行字被写在校园的每一面墙壁上,"笑一笑,没什么大不了,再大的困难我也无所畏惧。""以感恩回报社会,北川的明天更美好!"宣传栏里到处是这样的标语。

段志秀没有再回到高一(5)班,所有因伤缺课的孩子都被重新分配到各个班级,她来到了新的高一(3)班。在日记里,段志秀写道:"活着真好,尽管我失去了左腿,但我要更努力,去实现自己的梦想,让青春不再迷茫。"

但是新的学习生活并不容易,在最开始的那段日子里,段志秀常常会想起地震中的种种经历,经常难以集中注意力。多次手术的麻醉药,太多的止痛药，使她的记忆力明显受损，那些原本可以轻松记住的单词，那些元素周期表上的字母，那些几何代数的解析，都变成了不可捉摸的天书。

一起回到板房教室的难兄难弟王飞却过得十分潇洒，每天和同学玩得不亦乐乎，这令段志秀恨得牙痒痒，免不了经常找他吐吐苦水。

在2009年期末考试中，以前的英语科代表，班里成绩一直稳居前三的段志秀，一下子滑落到班里的中间名次。这令好强的她感到十分难受，寒假回到家她抱着父亲就哭了起来："阿爸，我实在坚持不下去了……"

地震后找了一个月才找到女儿的段泽亮沉默着没说什么，他知道女儿的艰辛与不易。

第二天早上，段志秀醒来时吓了一跳。

"获得优秀三好学生""获得优秀班干部""获得全班第一名"……对面墙壁上贴满了大大小小的奖状，有的已经泛黄了，有的被撕掉了边角，但都被透明胶布整齐地粘到了一起，那是她上学以来所获得的所有荣誉。

床头的书桌上，从小学到高中的课本，像排队受阅的士兵一样整齐成列。

段志秀的眼泪一下子涌了出来，她眼前仿佛出现了父亲在倒塌的房屋中如何一张一张把这些奖状找了出来，又一张一张把它们拼贴好的画面。家里的很多家具损坏了，父亲都已经扔掉了，但是自己的作业本却一本本留着。她能想象到在自己失踪的那一个月里父母的心情是怎样悲痛！

她明白了父亲的良苦用心，这个女孩再也没提过不想上学的念头。

也许是巧合，回到学校不久，段志秀接到了温家宝同志的回信。温家宝同志在信中说："志秀，你是个坚强的孩子，拥有美好的未来。我相信，你一定会通过不懈的奋斗，克服一切困难，创造幸福的生活，赢得应有的尊严……"

就算是天书也要读懂，这个倔强的姑娘重新燃起了斗志。她的数学从

40多分逐渐恢复到80多分,她原本最爱英语,成绩也终于冲到了班级的前列。"同学们帮忙打水、拿东西,老师又在功课上给予指导,终于一点儿一点儿将我从深渊中拉回。而来自社会各界的叔叔阿姨的关心一直牢牢地包围着我,鼓励我抹平心中的疙瘩,我开始慢慢地去克服这些不能称之为困难的困难,为了不迟到,我比同学早起,早出门。一次拿不了太多的东西就分几次拿。上体育课也跟着同学一起试着做能做的运动……我又逐渐变回开朗的自己。其实,只要战胜自己,前进便如履平地。"段志秀回忆说。

2011年6月24日,高考成绩公布,段志秀考了480分。在那一年参加高考的这群受伤的孩子中,她名列第三。一直想当翻译的她,在选择志愿的时候却选了法律专业,这个骄傲的姑娘是不甘于平庸的。

一个月后,她被兰州大学录取。

根据相关政策,段志秀先要在河南黄河科技学院读一年预科班。来到黄河科技学院读书后,学校为段志秀特制了一张床,配了专用的桌子、柜

2011年夏天,段志秀(右)收到兰州大学录取通知书,与邓阳秋一起分享喜悦。余坪/摄

子，由于校园比较大，还给她买了一辆小自行车，让她利用义肢学会了骑自行车。

有了老师、同学无微不至的照顾，段志秀也特别上进，她是班上第一个递交入党申请书的新生，也是班上第一个通过英语四级考试的学生。2011年，段志秀被共青团中央、全国学联评为"中国大学生自强之星标兵"。

但逐渐长大的志秀也开始怀疑、思考自己的未来。

"愿此生的日子都与你们有关"

北川的孩子是受尽磨难的精灵。

"人的每一种身份都需要时间来磨合。尽管如今我时常调侃某些建筑的设计一点儿也不考虑我这种残疾人的需求，但10年了，我和残疾人这个新身份磨合得其实并不好，我经常觉得它像狗皮膏药一样恶心。"

10年之后，段志秀才明白贴在自己身上的标签有多么别扭。

这个姑娘敏感到了极点。在北川中学接受爱心心理援助时，她曾直截了当地问那些志愿者："你们是因为温总理来看过我才来关心我的吗？"

因为温家宝同志给她题词、回信，到四川总要见一见他们几个伤残学生，全国各地的媒体都来采访，聚光灯下的秀秀让所有人都感到疼惜。当热闹过后一切冷清下来，秀秀总想撕掉自己身上"坚强女孩"的标签。

在绵阳四〇四医院等待救治的时候，段志秀一个人躺在救护车上，看着来来往往奔走的人们。很多来医院的人都会在担架上寻找自己的亲人。

"我很期待下一秒出现一个人喊我的名字，说你在哪儿，你在哪儿，但是没有啊，一直都没有，一直是自己一个人。"段志秀当时想，父母音讯全无，也许在这场灾难中已经遭遇不测。

在签字同意截掉自己的腿后，段志秀曾经给救治她的中大医院的护士长贺丽君写下这样一段话："阿姨，我的爸爸没有了，妈妈没有了，我的左腿没有了，我的那么多同学没有了，我想追随他们去那个地方。阿姨，谢谢你们。别救我了，去救其他人吧！"

看到这张字条，贺丽君眼含泪水抓住她的手说："孩子，我也是妈妈，妈妈总是希望女儿好好地活着，妈妈可不愿意女儿说这样的话啊！"

没有人天生就是坚强的，坚强是因为意识到自己的脆弱后还能重新热爱生命，热爱生活！

在康复中心日复一日单调枯燥的训练开始后，段志秀就意识到自己真正的麻烦才刚刚开始，尽管她很快就掌握了使用假肢的本领，可以完成一切生活琐事，可以和健全的人一样行走自如，但是残缺带来的心理阴影一直如影随形。2011年9月8日，段志秀去兰州大学报到。

"我想我要感谢那场灾难，那场死亡，让我顿悟很多。曾经在冰冷的手术台上看陌生人拿着手术刀与针操纵我脆弱却真实的肉体时，曾经在轮椅上长久失神于肉体上永久而骇人的伤疤时，我明白了温爷爷对我说的话：'灾难本身就是一所好学校，不要忘记这场灾难，因为这场灾难，因为他使我们懂得，在灾难面前，要永不屈服，永不退缩，永不低头，永远挺起不屈的脊骨。'"

一路行来，她从中受益匪浅，在一个新梦想开启时，秀秀想和同学分享她的心得："今天，我在为学业打拼，为梦想奋斗，老师、同学对我很好，纵然有诸多不便、诸多困难，我却没有任何惧怕，我相信我能一一克服。人的脆弱和坚强都超乎自己的想象。有时，可能脆弱得听一句话便泪流满面，有时发现自己一咬牙便走过了很长一段路。"

在主题班会上，段志秀这段真诚袒露自己心路历程的演讲，得到了全班同学的热烈回应。他们在随后的大学生活中，看到了这个娇弱的姑娘排队打饭、走路上课,和所有人一样融入了兰大的校园。

当初她选择这个远在西北的大学时,家人和亲友都发出一片反对声。他们害怕这个娇小的南方姑娘无法适应北方的生活,担心西北的风沙会不会真的把她刮走。段志秀却异常坚定自己的选择。

军训时,已经成为中共预备党员的段志秀被编入了党员连。她在兰大的校园网写文章:"我如果不努力必然当不起曾收到的所有期望与帮助,我知道他们很多人不需要我的回报,但也不能对不起他们,我只希望我的将来可以让他们自豪,让他们不后悔曾为我做过的一切。"

2016年,段志秀考入兰州大学民商法专业继续读研究生。

如今,她把这些酸甜苦辣都报告给华西医院的亲人们。"感恩华西这个

段志秀(右)脸上常常充满微笑,她觉得人的脆弱和坚强都超乎想象,而这所有不可想象,终将化为寻常。余坪/摄

团队，我知道策划一个活动的辛苦，特别是遇上我这种不完全配合的人，劳心劳力。我爱你们，华西给我家的感觉，对一个医院产生如此深厚的感情，可能很多人都不太能理解。愿此生的日子都与你们有关。"

这个夜晚是大家感恩团聚的夜晚，也是孩子向家长吐露心声的夜晚。

"尽管从开始一切依靠轮椅到现在5年没碰过轮椅，一个人走遍很多地方，这中间经历了无力、挫败、愧疚、憎恶、埋怨，很多层变化，我曾好几个冬天因为买不到一双好看的鞋子而崩溃。可日子总是要过下去的。"段志秀说，"10年时间实在是长，长到那些被震碎的荒山复又被秀丽的杜鹃花遮盖了，下一个10年，会发生什么我不知道，会失去谁也不知道。我们一直在长大，长到了需要面对以后、更要勇敢面对以前的年纪。废址的荒草也在慢慢长高，用一种生命的不休见证了另一种生命的消逝，它们的顽强更显悲凉，很久以后，那里就再也不会留下任何痕迹。"

10年，时光见证了她的成长，也见证了她经受的无数折磨、苦痛。她走出来了。刚上大学，介绍自己的家乡时，她提笔写下："我的家乡，有开得如轻羽般摇曳的满树羊角花，有声音清脆却悲凉的羌笛乐。北川羌族自治县，那个依旧美丽的地方。"

第四章
Chapter 4

少有人走的路

你在歌唱时仍然开花,你在激流中仍然破碎。

每一个春天都会来临，在你还觉得寒冷的时刻。

"亲娘，你女儿今天去爬了十年未爬的山，高兴坏了，新的一年一定会节节高升的。"2018年2月16日，春节前夕，张凤爬上自己家后面的那座高山，给王志航发来了她在山顶展翅欲飞的照片。

站在高高的山顶上，遥望北川县城，尽管雾弥漫了山间，她仍可以看见10年前的那座校园。

"最有爱的新年汇报，对张凤来说，这是一件高难度的事情！"王志航说。

凤凰涅槃，需要长出自己新的翅膀。大学毕业后张凤坚持选择了心理学专业继续深造，一半是为了解决自己的心理困惑，一半是想像张阿姨和干妈帮助她一样，可以帮助到更多人。

苏格拉底曾经告诫人们，人哪，认识你自己。

以下文章就是张凤剖析自己过往十年的心路历程。当她从黑暗中获救时，当她失去一双大腿还是选择不拄拐自己站起来时，当她以后独自摇摇晃晃去北京时，每次站在人生的重要关口，她都发现认识了新的自己。

凤凰向死而生，重生后是更加美丽的凤凰。

废墟下的 24 小时

那是个晴朗的下午，有没有太阳我不记得，但一定没有下雨。我穿着前一天新买的浅蓝色针织两件套上衣和天蓝色的帆布鞋在上课铃响前踏着轻快的步伐进了教室，在临窗倒数第二排坐下，从抽屉里摸出化学课本和文具盒。

我的同桌是一个个子不高、皮肤黝黑、戴金属方框眼镜的幽默男生。我的前排是两个女生，一个内向安静，一个活泼开朗，前者叫张菊，后者叫张翠。我正好可以望见教学楼拐角突出的那一部分，还有操场上的国旗。

化学老师魏老师穿着黑底白花的孕妇装，她的肚子圆滚滚的，很可爱。她是一位耐心、温和的老师，对像我这样的差生亦是充满耐心，所以我最喜欢她。

老师在讲台上认真地讲着，我边听讲边写笔记。突然，一阵剧烈摇晃，玻璃窗"哗哗"地响。大家都停了下来望着窗户，有同学用开玩笑的语气高声说："地震了。"大家一阵哄笑。老师看了看窗外便继续上课。可是不到30秒，整个楼突然又剧烈摇晃起来，而且没有停下来，我看见拐角处墙体一块一块往下掉，惊呆了……耳边传来桌椅挪动碰撞声、惊慌失措的尖叫声、脚步声……我坐在座位上一动不动，我看见天花板从中间呈放射状向四周裂开，掉了下来……教室中间凹下去一个大洞，我感觉身子一沉，掉了下去，我闭上了眼睛，担心着从四楼掉下去会摔死……

就那么一瞬间，我着了地。剧烈的痛从我的脚下传来，似被人拿刀砍一般……空气中充斥着浓浓的混凝土味儿，睁开眼，四周一片漆黑，唯有右上方一个小孔透进来一点儿微光。我侧着身斜靠在椅子上，左手被压在右边的预制板下。背下软软的，我知道是我同桌，他一点儿生机都没有，我知道他走了……周围一片哭喊声，有男声，有女声……余震频频，我很害怕，但我并不想哭，我觉得我一定能活着出去，我一定要活着出去。在一片混乱声中有一个清晰的声音叫着："魏老师！魏老师！"可是并没有任何回应……旁边传来另一个啜泣的声音："魏老师在讲台后，讲台倒了……"我又听见一个声音说地震什么什么的，我才知道原来是地震了，刚刚那一刻，我还以为只是教学楼塌了……

我听见有同学和张光辉对话。原来他因为离教室后门最近，所以当时立即跑到了过道上，而教学楼是向右下方坍塌的，所以他没有被掩埋。他告诉大家说："擂鼓镇有吊车，等吊车来了就可以救大家出去了。"没过几分钟，又有同学问道："吊车来了没啊？"他说："快了。"不断有同学追问吊车何时能到，我也忍受不了腿疼，便问他："吊车还有多久到啊？"快了，就快来了，高三的学生都没受伤，他们已经开始救人了。"听了这话，心中略微踏实些，我想我哥会来救我的。

不断有同学追问他，他一直答"快了"。后又说路断了，等路通了就来。我渐渐对这辆吊车失去希望，后来再也没人追问吊车的事了。

感觉不到一小时，哭喊声少了许多。我听见旁边有同学说："别挤我，我好难受，我感觉自己透不过气来了！""别挤啊！"一个男生哭着喊道："爸，妈，我可能再也见不到你们了！"一个女生哭着对另一个女生说："你出去以后，帮我告诉爸妈，我爱他们！"那女生哭着回答道："要说等你出去自己说，我才不替你说。"

我感觉脚下又一阵剧烈疼痛，有一个人在我脚上，她一动我就剧疼，我知道那是我最好的朋友唐安阳。我说："安阳，你别动，你一动我脚就好痛！"她并未搭话。我却因为这样一句话自责懊悔了许多年，我觉得自己真的好自私，在她人生的最后，不是关心她怎么样了，而是让她不要动，她一定特别难受才会动。我就让她一个人在孤独和痛苦中离开了这个世界，还自诩我是她最好的朋友，我竟然这样对待我的朋友。我花了许多年才从心底真正原谅自己。

我听见她像是在呕血的声音……不知过了多久，她喊了一声"妈妈我爱你"，然后再也没了动静，不知又过了多久，我用手去摸她，她已经凉了……那一刻，我只觉心头一凉，我最好的朋友，生命中第一个朋友，她死了……但悲伤的时间并不长，我便将她抛在脑后，心里只想着怎么才能出去，何时才能出去。

左边似乎是赵宗阳在呻吟，我问他："赵宗阳，你怎么样了？"他说："我头被压住了。"我流着泪大喊："赵宗阳，你要坚持住，我们一起活着出去，一定要坚持住！"但他再也没有任何声音……

又不知过了多久，附近的家长来找他们的孩子。家长们边喊着孩子乳名或学名的声音边在废墟上移动。我听见一个声音在叫"赵阳娃"，我知道是在叫赵宗阳，我犹豫着要不要搭话，若告诉他们赵宗阳在这里并且已经走了，他们能承受这个噩耗吗？不告诉他们，他们又会四处找。最终我还是没有喊住他们，怀着希望多找找，总比这么早知道噩耗强些。

我听见附近有一个叔叔在说话，我大声喊："叔叔，你可以救我出去吗？"叔叔用双手扒开那个小孔旁的碎石，亮光透了进来。叔叔看着我说："孩子，你埋得太深了，叔叔没法救你出去，但是叔叔可以把这个洞刨大些，这样你就不会被闷着了。"叔叔又用手刨了很久，那个只有拳头大的小孔被扒开脸盆那么大，然后叔叔就去找他的孩子了。

我可以清楚看见里面，从左前方到左后方，全是横七竖八杂乱堆积起来的预制板和碎了的混凝土块儿，后面是被压变形的桌椅混杂着碎石挤压在一起，足有一层楼那么高，电线露了出来，一块平整的预制板盖住了我的脚但并未压在腿上，预制板下面还有一些东西支撑着，刚好压在我脚踝的位置。而这时我的腿已经完全不痛了……我的课桌在右上方，书本还整齐叠放在抽屉里，我用右手将它们扒拉出来，找到了我的日记本，我想要带着它离开这里。我看不见唐安阳，也看不见赵宗阳，更看不见我的同桌……

我隐约听见有人在叫我的名字。我高声喊道："我在这儿！我在这儿！"我的同学也帮忙喊道："张凤在这儿！"可是没有任何回应。

不知过了多久，天渐渐暗了下来，我的左手压在右边致使身体呈侧扭着的姿势，很不舒服，我用力拔出左手，手背一片血肉模糊，肿得如原来两个手掌叠加那样高,却一点儿也不疼。我感觉周围越来越安静了……

白天快要谢幕时,部队终于来了。两个军人来到洞口向里面问:"有人吗?"我满心欢喜答道:"我在这儿,我在这儿!"以为自己马上就可以出去了,却只见一个军人边用手指着预制板边对另一个说:"如果搬这边,全是桌子椅子,万一塌了很危险,那一边全是预制板,太大了,我们没有吊车,人力根本抬不动。"另一个人点头。

不断有人喊:"叔叔,救我!""同学,我们要先救上面的同学,然后再救埋得深的同学!"我抬头望了望,我埋得真够深的!

天黑了,废墟上亮了一盏很大很大的灯,灯光从洞口射了进来,我偶尔可以望见外面移动的人头。可是我累极了,便昏昏沉沉睡去了。

半夜,我被外面的号令声和余震惊醒。借助洞口透过来的光,我看了看手表,已经晚上十二点了。透过洞口,我看见雨密密地落了下来,像一根根细细的绣花针刺破斜斜的灯光,落了下去……再也没听见呼喊声和呼救声,我不知不觉又睡过去了……

后来被一阵熟悉的声音惊醒:"同学们,你们一定要坚持住,我们很快就救你们出来!"这个声音回荡在废墟上空,由远及近,我听出来是我们年级的历史老师廖光明。我像抓住救命稻草似的大声呼喊:"廖老师,廖老师!"

"你是哪个班的?"

"我是高一(5)班的张凤!"

"张凤,你一定要坚持,现在吊车和氧焊切割机都来了,很快就救你出来!千万不要放弃!"

"好,我一定坚持住!"一股暖流涌上心头,心中一下子充满了信心、希望与力量。

外面的天空灰蒙蒙的,依然下着雨,我看手表,已经早上7点了。除了救援人员的声音和机器声,废墟安静极了。

第四章 少有人走的路

我忘了又如何熬过两个小时，他们开始救张菊和张翠。他们用了两小时把预制板切开，再一块块搬开，直到周围成为一个巨大的坑，才将她俩小心翼翼取了出来。

终于轮到我了。我看时间，已经中午12点了。可是我感觉自己已经很困了。叔叔先将浸湿的棉衣盖在我身上，以免氧焊切割机喷出的火花烫到我，然后开始一块一块切割预制板，又一块一块搬走。搬预制板时掉落的沙石"哗哗"往左耳朵里灌，我赶紧拿手掏耳朵，刚掏完沙石又灌了进去，我只好捂住耳朵。火星溅到了我身上，雨也开始落在我身上，又冷又痛，一阵强烈的困意袭来，我感觉自己已经没有力气让眼睛睁着。我问："叔叔，还有多久，我好困，好想睡觉！""孩子，千万别睡，很快你就可以出来了！"我努力撑着眼皮，不让它们闭上。可是感觉自己越来越困："叔叔，我真的好困！我想睡觉！""姑娘，千万不要睡觉，你一定要坚持住！"

就这样在和叔叔的对话间，他们已经把我周围搬空了，像是被炸弹炸出一个巨大的坑。我看见一个已经离开的同班同学，她全身发紫，眼睛瞪得很大，两颗门牙已经被碰掉……我有些害怕。叔叔说："闭上眼睛，别看！"他们拿来了担架，把我放了上去。我说："叔叔，我的书你帮我拿着，我还要。"我看见他抱起一摞书，我便被四个兵哥哥用担架抬了出去，走到坑边，我看见往日的教学楼变成一堆碎石，上面散落着书包、衣服，还有淋湿的课本……

他们先将我抬到操场边的临时医疗站简单处理了一下，又把我抬到校门口，只用一床棉絮半铺半盖。我的右半边身体露在外面，雨落在身上，觉得好冷。我往左边蜷缩，想躲进棉絮里，一个叔叔看见问我是不是不舒服。我答："我冷。"他便拿一条薄的棉絮给我盖上，又拿了块塑料布盖在最外面，我感觉暖和多了！

我看见周围地上密密麻麻坐了好多人，有的缠着绷带，有的并未受伤，但他们的脸上写满了悲伤与低落，没有人讲话。我听见雨拍打着塑料布，一阵又急又密的嗒嗒声，雨下大了……

来了一辆救护车。叔叔说："这个小姑娘先走，她伤得很重！"

我心想：我伤得也不重啊！都没有流血，只是腿有点儿隐隐的痛。但是能尽早离开这里也好。救护车开了好久还没停下来。我问司机叔叔："叔叔，我们要去哪儿啊？""去绵阳。""为什么不去县医院？""县医院塌了，全被埋了！"叔叔平静地说。

原来地震这么严重！

"他们发射了一个火箭"

我被送到绵阳市人民医院后被安置在医院广场，一块用雨布搭成的临时病房里，护士拿来一瓶生理盐水给我挂上，又拿了两瓶矿泉水放在床头，叮嘱我少喝点儿水后便离开了。我右边是曲山小学的一个一年级小姑娘，她津津有味地吃着八宝粥，尽管一天一夜粒米未进，我却一点儿食欲都没有。

我在那儿躺着，双腿隐隐地痛着，渴了便让旁边的人给我拧开矿泉水瓶盖，侧着头喝几口。躺了两小时左右实在难受，想要坐起来，挣扎了半天也坐不起来，只好让旁边照顾家人的阿姨扶我起来，可是扶起来以后我根本坐不稳，只好让阿姨背靠着我让我坐起来，坐起来后感觉舒服多了。我看见我的裤腿被挽到膝盖的位置，左腿的皮肤呈黑紫色，右腿颜色深紫，但是并没有流血或者破皮。我靠坐一会儿后又躺下了，不知不觉迷迷糊糊睡着了。

等我醒过来时，天都已经暗了下来，左边的男生和右边的小姑娘都不知去向，我的床头旁边坐着一个叔叔，我问叔叔是哪儿的人，他说北川县城。

"叔叔，你怎么不躺一会儿？"

"我腰受伤了，只能坐着。"

"叔叔，你有电话吗？"

"有。"

第四章
少有人走的路

"可以帮我打一个电话吗？"

我从裤兜里掏出电话本递给叔叔。电话接通后，我妈说他们和村上其他人正在联系大巴车准备往学校赶。我说我现在在绵阳医院，我伤得不重，你们不用来了，还说了些什么我已经不记得了，我妈听见我的声音后显得激动还是担忧，或者都有，我也未曾注意，而那时我满心欢喜，觉得自己的伤不会有什么大事，根本不明白有一种东西叫"挤压综合征"。

后来我又给好朋友红梅打电话，告诉她我在人民医院，让她过来陪我。她听见我的声音既欢喜又激动，她说第二天天一亮就过来陪我。通完电话后我怎么都睡不着，两腿隐隐的痛实在让人难以忍受！我就躺在那儿，听雨拍打着雨棚，嗒嗒嗒，嗒嗒嗒……天一直不亮，时间变得漫长。躺着实在难受，我又请负责管理雨棚的叔叔扶我起来背靠背坐了一会儿。5点时我又给红梅打了个电话，问她什么时候过来，她说天一亮就来。6点多她就匆匆赶了过来。她来了之后，先是和一些志愿者把我送到检查室拍了X光片，看手脚是否骨折，然后又把我推进大厅里，医生简单消毒后直接拿手术刀划开我的小腿，我却一点儿都感觉不到疼痛。

而此时，时间已经到了5月14日的中午，我仍然一点儿胃口都没有，我的床头已经堆了一大堆医院发的速食食品。红梅劝我吃些东西，可是我真的一点儿都不想吃，她问我想吃什么，我突然想到酸酸甜甜的葡萄，便说要吃葡萄，她就去买了。感觉她走了好久才回来，回来时拎了一串提子，我吃了一颗，觉得硬硬的，不酸也不甜，便不想吃了。后来医院又给伤员发了香蕉，她剥一根香蕉给我，我咬了一口，觉得又生又硬，便吐了出来。

红梅一直劝我多少吃点儿，说我已经几天没吃东西了。一个路过的老奶奶看见便问我要不要吃菜叶稀饭，她回家给我做，我想到以前家里的稀饭瞬间很想吃。可是等了好久好久，奶奶才端了一碗稀饭过来，我吃了一口，完全不是想象中和记忆中的味道，所以也不想吃了。红梅万分着急，而我是真的一口也吃不下。

到了晚上，我极其困倦，医生却叮嘱他们千万不能让我睡着，不然很有可能再也醒不过来了，所以红梅一直不眨眼地盯着我，我一闭眼她就拿手轻轻拍我的脸，把我拍醒。董越哥哥也不停地和我讲话，说话使我精神了许多。到后来，聊天已无法使我清醒，我便在那个广场上唱起了我们羌族的祝酒歌，那是我长这么大，唯一一次在众人面前放开了嗓子唱歌，没有一丝害羞与顾虑。

再醒来已经是第二天早上了。快到中午的时候爸妈打电话说他们到了，立刻去找了医生，医生说我腿压的时间太长了，必须做左小腿截肢手术，爸爸就当着那么多人的面哭了，我只听见妈妈略带训斥的声音："哭什么哭！有什么好哭的？"我以前没有看见爸爸哭过，这是我长这么大唯一一次知道爸爸还会哭。而我知道截肢就是要把我的腿锯掉一截，但那时我还不明白截肢意味着什么，所以也不觉得是什么大事。

什么时间、在哪儿做的手术，我完全不知道，等我清醒过来，我已经在医院楼道里的病床上了。几个远房亲戚过来看我，问我想吃什么，我说想吃草莓。刚好医生从旁边经过，对我爸妈说："想吃什么就给她买点儿，再买件新衣服，万一不行了，不能光着身子走啊！"又对身边的护士说："你去给小姑娘买点儿草莓。"

所以后来我就有了两筐草莓。

挨着我病床的一位老爷爷被推走了好久都没有回来，爸爸找了护士把我放到了那张病床上，我才算是住进了病房。到傍晚时在哈尔滨上大学的海哥坐飞机回来看我，他们都坐在病房门口，一言不发，也不吃饭。我虽然没有胃口，倒是很喜欢草莓，一会儿要直接吃，一会儿又让我妈帮我拿白糖拌着吃。

虽然才5月中旬，病房里却异常闷热，需要人一直不停为我扇扇子，我才感觉到些许舒服。我感觉到伤口分泌的液体已经打湿了床单，还散发出阵阵腐肉的气味，好像自己已经开始腐烂了一样，也许人死后被埋在地下腐烂时就是这样的味道。

第二天，也就是16号，红梅和海哥去城里给我买衣服，花了一上午，跑了大半个城市，给我买了一件浅蓝色的连衣裙。穿着裙子离开是我那时的心愿。那天下午我突然想起安阳的妈妈可能正在四处找她，就让爸爸给阿姨打了电话，我告诉阿姨：唐安阳不在了。阿姨发疯似的冲进我的病房，扑向我的床，边哭边喊："我的女儿，我的女儿！"爸爸妈妈把她拉了出去。我虚弱得说不出话来，但是看见阿姨那个样子心里难过极了。这些年，我一直想着去看看阿姨，告诉她安阳临终前最后一句话说的是"妈妈我爱你！"可是我一直不敢面对她，也害怕她看见我伤心难过。

也是在这一天，由于双腿受挤压严重引起了急性肾衰，医生开始给我做血液透析。做血透的过程中，我感觉脖子插管子的地方特别疼，后来我就睡着了。等醒过来后，我看见爸妈紧张地望着我，我说："发生什么事了？"爸爸说："女儿，你吓死我了，你刚刚昏迷了。""啊，我只是睡着了啊。"一整天医生忙得脚不沾地，换药还得自己去找医生，不然医生根本记不得或者腾不开时间。

17号早晨，医生在病房对我爸妈说："孩子的情况很危险，留在这里估计不行，如果能转院的话倒是还有希望！"爸妈说："要转院，我们要转院。"

"今天就有一批救护车来，接一批伤员到重庆去。"我想到要去重庆，心里都乐开了花，长这么大第一次出远门。

从早上一直等到中午，再从中午等到下午，救护车一直没到，临近晚上才到。

在救护车上，我睡着了，我做了地震后的第一个噩梦，我梦见自己被直直地挂在一个钩子上像缆车一样向前滑行，脚下是一群小孩子，他们的皮肤或是深紫色或是黑色，一路追逐着我，并且想要抓住我的脚。我害怕极了，可是我并不能控制前行的速度。突然，一个小孩子马上就要够着我的脚了，我被惊醒了……

一路上，十多辆救护车的鸣笛声此起彼伏，到了医院已经是半夜了，许多医生护士等在门口，我被抬上一张移动病床，在黑夜中，我感觉自己先是上了一段很长的斜坡，接着就是一段短而较陡的斜坡，然后进了住院部大楼，进了电梯，到了骨科病房。三张病床整齐地排列着，每一张病床旁边都放着一个立柜，立柜上摆了花瓶，每个花瓶插了一枝康乃馨。我被安排在中间的病床上，而我旁边的那枝康乃馨却已经接近枯萎。

我妈当时心里就觉得那是个不祥的征兆，而事实证明确实如此。

我在5月17日深夜转入重庆三二四医院，住进住院部三楼的骨科病房，又过了几天因为我经常需要透析，所以又转到泌尿科。泌尿科是一幢独立的两层楼房，在这里我认识了众多关爱我的医生、护士，有泌尿科主任孙叔叔、主治医生舒勇哥哥、护士长高勤姐姐、护士李俭（俭妈）……第一次见孙叔叔，他问我有没有什么想吃的，我说我想喝可乐，冰冻的那种。他就让护士给我买了两瓶冰冻可乐，并且吩咐一瓶拿给我，另一瓶先放入冰箱冻起来。从此以后，孙叔叔对我特别好。有一次晚上8点多他才从手术室忙完出来，就来问我想吃什么，我说："凉拌黄瓜！"他就开车回家拌了黄瓜又开车给我送过来。

后来我又转回骨科病房。一个下着滂沱大雨的夜里，我突然呼吸急促，他们给我盖棉被，把我推去泌尿科做透析。后来我的饮水量被控制得更加严格，计算每种饭食的含水量，我每天摄入的总的水量不能超过100mL。我渴了就拿棉签蘸水涂涂嘴唇。所以我总是想尽办法获取水分，那段时间我超级爱吃稀饭和西瓜，伤口愈合之后就再也不想吃稀饭了。当然我还干过很多他们不知道也不允许的事来获取水分。

第四章
少有人走的路

一次，我趁着我妈不注意，一把抓过柜子上的优酸乳猛吸，等我妈反应过来夺走时，我已经喝了半盒。

因为我经常发烧，所以他们会给我一个医用冰袋拿在手里，有时是塑料袋装的，有时是塑料瓶子装的。要是塑料袋我就咬破一个小洞，然后吸化了的水，有时运气不好，用生理盐水冻的冰就特别咸。要是塑料盒子装的就只能舔舔外面，要是被发现我就说是在给脸降温。

病情一严重我就吵着要冰棍，我甚至还在深夜大家都睡着后偷吃过果冻。

没多久我就接受了第二次左腿截肢手术，这一次由于感染严重，截到大腿的位置。然后采用一种进口材料覆盖我的右腿，将分泌物和瘀血引流出来。大约一周以后，右腿颜色渐渐转为正常。大家都很欢喜，但是当张叔叔让我动一动右脚的脚趾头时，我只能动整个脚掌，却动不了脚趾头。于是张叔叔拿手术刀把我的右小腿后侧划开，并且让我爸看："肌肉全部坏死了，像煮熟了一样。"

我知道这不是一个好消息，但是我当时并不担心。

第二天下午我一个人在血透室，张叔叔过来和我说要把右腿也截掉，不然我会有生命危险。我"哇"一声大哭起来，边哭边说："那样我就一条腿都没有了！"张叔叔说："昨天我也让你爸爸看了，里面的肌肉都坏死了，如果不截，你真的会很危险。"我觉得张叔叔说的很有道理，哭了几声也就不哭了，到那时，我依然不知道截肢真正意味着什么，特别是双腿高位截肢。那时所有人都围着我转，很多人来看望我、关心我、爱护我、表扬我，给我买玩具、好吃的，长那么大，我从未那样快乐过。所以除了伤口疼痛和不能随意喝水外，我都是开心的。

第三次截肢手术后，我又被转回骨科。

一个下午，我突然心跳加速、呼吸急促，心率接近130bmp，我感觉自己的心脏快要跳出来了，可能马上就会死掉。那一次也是唯一一次我真的以为自己要死了，医生给我打了麻药，用一根扁平细长的针从肋骨间插了进去，抽出一大管淡黄色的液体，他们说那叫胸腔积液。后来他们又把我送去做核磁共振，在路上我说："我想见我哥，我感觉自己要死了。"廖老师安慰我说："等伤好了就可以见哥哥了。"可是我感觉自己好像再也见不到他了。

我虽然活了下来，但是病情并没有好转，因为伤口感染病情加重，心肺功能也开始衰竭，我变得特别虚弱，于是医院给我增派特护三班倒专门照顾我，每天都用紫外线给房间消毒，外人不得探视。没多久我就转入呼吸科，依然一个人住一间病房，外人不得探视，我爸妈也不能在病房久留。要是护士不在，我就躺在病床上，来看望我的人只能透过门外窗户边望一望便离开了。

我十分渴望有人能进来陪我聊聊天。

一次一个老奶奶看见没人便推门进来问我想不想吃茶叶蛋，其实我不想吃，但觉得能有人说说话很好，就说想吃。老奶奶拿来茶叶蛋，边剥边和我聊天。不一会儿护士回来狠狠批评了老奶奶一顿，让她离开了。

长期待在病房里，感觉自己像被困在笼子里的小鸟，特别渴望能到外面去吹吹风、淋淋雨，所以每一次去泌尿科做血透时，我都央求他们让我在门口那棵树下停留一会儿，可是他们往往都只停留一下就急急把我推回病房了。

住在呼吸科的一个星期一的早晨，我听见窗外响起了国歌，那是旁边的十八中学在举行升旗仪式，我突然感到心里阵阵发热，一种庄严神圣的感觉伴随着一种莫名的感动从心底升起，从小学一年级起，参加过无数次升旗仪式，我从未有过那样庄严而神圣的感觉。我突然间特别想念老师和同学，想马上回到学校，回到他们身边去。

住在呼吸科病房的某一天傍晚，在护士长高姐姐给我洗完头后，我突然高烧不退，继而眼睛又突然看不见了，恍惚中只看见一颗正五边形彩色星星就在我眼前转。我听见他们去请了五官科医生来检查，让爸爸过去签病危通知书。检查后并没有发现什么异样和外部损伤，突然我感觉黑暗中一只大手向我伸来，我努力想要躲开……后来我妈说我那时癫痫发作，拼命挣扎，把伤口都挣开了，流了好多血，他们几个人都按不住我。后来他们把我转进了重症监护室，护士一直不停地给我擦酒精来退烧。到后半夜醒来，我的眼睛才可以看见东西了。

第二天，我又被转回泌尿科。泌尿科从日本进口了一台新的血透机，还请了两位技术人员来指导使用，新的血透机的透析速度特别慢，以前血透只需要两小时，现在需要大半天，而且一旦病人情绪激动，机器就会报警。

下午，西南医院一位资深老专家过来，一大群人围在我的病床前讨论着，然后他们把我的绷带拆开了，那感觉就像是有人拿刀在割我腿上的肉，我边喊痛边挣扎，机器就不停地报警，小姐姐一直安抚我，让我别激动，可是真疼！他们看不下去就给我打了麻药，疼痛的感觉才有所缓解。后来很多次换药都必须打麻药。

后来孙叔叔告诉我："那个老专家说要是你们三二四医院能把这个小姑娘救活，你们就算是发射了一枚火箭！"那意思大概是他们想救活我比发射一枚火箭还难。但孙叔叔说他坚信一定能救活我！

熬过了那几天我就渐渐好转了，终于可以排尿了，所有的医生护士都激动极了，护士长姐姐后来告诉我："那时再也不觉得尿是脏的，觉得它是那么宝贵。"因为能排出尿，表示我的肾功能恢复了。我的伤口也渐渐愈合，那时是6月中旬。6月下旬，我左腿又做了一次修复手术，7月初我几乎痊愈了。

7月上旬我离开三二四医院，走之前和大家一一合影。离开时，心中恋恋不舍，到今日已经10年了，我们依然联系紧密，我会一辈子记得和他们在一起的温暖时光，而重庆也成为我的第二故乡。我在这里重生，我的身体里流着一半重庆人的血。

漫漫求学路

学习对我来说从来不是一件容易的事，特别是高中数、理、化三门科目的学习。无论老师讲得多细致，它们似乎都无法与我已有的认知结构对接，更别说融入了。每到一个地方，我的成绩总是垫底的。

2009年1月，我从四川省假肢厂回到学校，被安排到高一（3）班。学习语文让我有一种如鱼得水的感觉，文科的政、史、地我也能应付，数理化却让我备受煎熬。所以我下定决心高二就去学文科，直接放弃理科，不做挣扎了。可是等到真正分科的时候，我和这个班的同学已经共同学习生活了一学期，很舍不得离开这个班，所以我在交了转班申请之后，又申请回到这个班，从此开始艰难的理科学习之路。

即使平时认真听课，但对于老师讲的内容也总是似懂非懂，永远跟不上老师的节奏……而且高二罗老师要生宝宝，我们换了一个男班主任，也换了英语老师，虽然老师对我也好，但没有罗老师细致。加上学习困难，所以情绪波动很大，学习就更加无法取得进步，尽管高二期末考时莫名其妙考了全班第三名。

到了高三又换了一个新来的数学老师，并且由他当我们的班主任，一个刚出校门的年轻老师，我感觉他似乎一点儿都不关心我。加之我发现许多高一的数学课我都听不懂，所以我赌气，在全市第二次模拟考时交了白卷，数学得了0分。就这样带着对老师的情绪，满满的课程和高考的压力，我经常头痛难忍，总是感冒，成绩一塌糊涂。

现在再回头去看，老师们也是有苦衷的。但是我若以后当老师，一定不以成绩论学生,尽最大的努力帮助每一个学生。

就在这样充满怨念和压力中过了高三这一年,参加了高考,取得了一个比任何一次模拟考都还要差的成绩,300多分……我不甘心,从高一开始我就立志要读心理学,成为一名优秀的心理咨询师。所以回学校参加补习,最后被成都师范学院录取。尽管它只是一所很普通的二本院校,但是我爱这所学校,它给我的梦想插上了翅膀,让我有机会去拥抱我的梦想。

按入学时实际分数,我是我们专业那一届倒数第一名,第一学年专业必修综合排名全专业第六,等到了第三学年,我的专业必修综合排名全专业第一,获得了国家奖学金。

大三开始我准备考研,每天学到腰疼、脖子疼、屁股疼、眼睛疼,脸上长满了痘。最后一个月身心已经快要承受不住这种压力了,既盼着快点儿考试,又希望还有很长时间可以复习,然后还在感冒发烧中参加完研究生入学考试。

张凤(右二)挥舞着学士帽,向四年大学生涯作别。余坪/摄

考完试后我在焦虑中度过新年，查到成绩之后松了一口气，接着又准备复试，联系自己中意的导师。可是复试的通知却久久不到来，等得我着急上火。终于在复试时间前三天，接到电话让我去复试，我慌慌张张订了酒店和机票，在复试前一天到达北京。第一天笔试，第二天面试，面试前十分紧张，但是从我跨入复试考场坐下那一刻，想到我身后无数支持我的人，我心中充满了力量，对老师的提问侃侃而谈，一点儿也不紧张。复试结束后，导师发来消息说老师们对我的复试表现很满意。

我现在已进入北京林业大学心理系学习，从入学成绩看，我又是垫底的，但我相信我会不断进步。

2016年6月19日，张凤收到北京林业大学心理学系研究生录取通知书。

内心的守望与成长

在废墟下我只想活着出来并且坚信自己能活着出来。等到了医院依然只想着活下来，即使两条腿都高位截肢，即使每天换药都钻心地疼。但是到了四川假肢厂一切都变了，每个康复医生要管好几个病人，我时常无人管理。每天反复做着同样的训练，仰卧起坐、燕子飞就练了一个月，戴上假肢后光是站立就练习了两周，枯燥而看起来没有什么意义，每天到点就去训练室，经常坐在那里出神，甚至直接睡觉。到后来能出去走了之后，积极训练了几天，走几步就累得大汗淋漓、气喘吁吁，两个月似乎没有什么太大的进步，所以也没了积极性，三天打鱼，两天晒网。

推着轮椅出门，一路上不断有人投来异样的眼光，有的人甚至停下来久久打量着我，就像打量一个怪物……他们的目光灼伤了我脆弱敏感的心，我每次都还以恶狠狠的目光。

直到那时我才明白双腿截肢意味着什么，意味着我再也不能奔跑，甚至连一般的走路都做不到，如果戴上假肢训练得好基本能行走，许多事从此便与我绝缘，漂亮的短裙、高跟鞋……我变成了一个敏感的小怪物，训练时偷懒，对父母发脾气，和医生顶嘴……偶尔心情好努力训练，大部分时间都在发呆，有时还会生气将假肢丢开……半夜睡不着时，我总会想起安阳和宗阳。

有天晚上我梦见安阳回来了，我特别高兴，跑过去和她说话，可是她并不理我，还在为我的自私生气，我又惭愧又伤心，只好在一旁默默流泪，哭着哭着就醒了……我想我这辈子都无法原谅自己了。

但是在这里，我遇见了一个传奇女人，这个女人从此走进了我的生命，这个女人就是我干妈，她成了那段痛苦康复路上唯一的美好。对于那个敏感的小怪兽，她竟然能以温和的方式接近并且走进小怪兽的心，让小怪兽信任她、依赖她，和她成为好朋友，在她面前就变成小猫。之后的十年，她一直陪着那个小怪兽。十年之间，她的坚强勇敢，她的热情，她的真诚，她行走于世间的侠气，她考虑事情的细致周到，她待人的宽容大度，她指点江山的气魄……——感染着小怪兽。小怪兽渐渐长大了，学会了真正的感恩，学会了付出，学会了宽容，学会了温柔，也学会了为别人考虑。小怪兽在她面前依然是小怪兽，但也不再是小怪兽。

训练到2009年1月份，我终于又回到北川中学在长虹培训中心的板房学校。拄着双拐勉强能走平地，大部分时间还用轮椅。

后来，我实在无法忍受处处都需要别人的帮助：吃饭需要人打回来，衣服需要人洗，连上厕所都需要人陪……我渴望自由，身心的独立自由，我希望自己想去哪儿就去哪儿，想干什么就干什么，所以自己就经常练习走路，到了高三回到新学校就基本不用轮椅了，到了大学就完全不用轮椅了，虽然走路摇摇晃晃的，但基本可以独立生活了。现在我可以拖着行李箱一个人摇摇晃晃地闯荡江湖了。

回到北川中学，班主任罗老师对我特别细致体贴，由于我总是情绪有波动，罗老师带着我去了"安心屋"，我认识了张阿姨。我们第一次谈话，我就告诉张阿姨我和安阳的故事，而且地震后我再也想不起她的样子。张阿姨让我抱着一个海豚公仔，闭着眼睛去想象她的样子。我闭上眼，仿佛看见我们两个走在两栋学生公寓之间，她扎着马尾在前面一蹦一跳地走着，怎么叫她她也不回头。我大声哭着告诉张阿姨："我看不见她的脸，只能看见她的背影。""把你想说的话告诉她。"我拼命对她说："对不起！"但她依然头也不回地往前走……我想我这辈子都无法原谅自己。之后，张阿姨陪伴我很长一段时间。这么多年来，每当遇到艰难的时刻，我总会联系张阿姨，而她总能给我力量与温暖。我从高中起就想着有一天能成为像她一样的人，能带

第四章
少有人走的路

为了能让孩子们从心理上站起来，2008年汶川地震过后，王志航（中）经常带领张凤（右）、李裕（左）等在康复中心治疗的孩子们去练习游泳。余坪／摄

给别人许多温暖和力量。

地震后第一个清明节，张阿姨带我回了北川中学，在那个新修却还没有完工的运动场上，在雨中，我坐在轮椅上俯瞰整座废墟，书本、衣服、书包散落在各处，那些同学就长眠在这里了，他们永远16岁，而我还会一点点长大……浓浓的悲凉萦绕心头，那么多同学都死了，我为什么还活着？

连续几年清明节我都会回到那里。第二次回到那里，一条醒目的横幅如同一根刺扎进我的心，上面写着"沉痛悼念爱女——母灵芝"，那也是我同班的一个坐在我附近的女孩子。再次回去，原来的废墟不见了，只剩下一个大土堆，看不见任何一丝曾经的痕迹，就如同我的过去被别人埋起来了。

去成都师范学院，离开那群共同经历生死的同学，我时常独自在一个安静的角落怀念高中时光，怀念那些我可以在他们面前哭在他们面前笑的高中同学。

大一下学期，读了《挪威的森林》，我彻底陷入痛苦之中，书中主人公先后失去挚友、至爱，他在经历一段低迷和痛苦之后重新活了过来，然而我觉得自己却变得非常痛苦，我不断问自己："我为什么活着？人活着的意义到底是什么？总有一天要死的，既然都要死，早晚不都一样？"百思不得其解。我甚至觉得我如果得不到一个答案，我就没法接着活下去。我就想啊想，想着假如自己死了，我的朋友得多难过，我的父母、我的干妈得多伤心，他们为我担忧了太多，我不忍使他们再因我而伤心，所以我不再去想死的事。

有一天我突然想明白：为了更好地死去，所以要好好活！虽然人都有一死，却是不同的死，有圆满的死、凄惨的死、迷茫的死、孤独的死，而我希望我死时，不会带着遗憾和痛苦离开。想到这儿，便豁然开朗。

在北邮学习的一年，内心又经历一次震动。因为奶奶病危，我之前没有处理好的分离场景统统涌现出来，我一想到奶奶可能会离开，就止不住地流泪，我想到安阳，想到挺过地震却因突发心脏病而离开的王飞，想到地震后不久病逝的爷爷……他们都是突然离开，都没来得及告别，那些悲伤都一直堆积在我内心的角落，现在的分离危机将往事统统带了回来。我感觉自己如同那光秃秃的柳枝，像枯死了一样，我对干枯的丁香丛说："你们死了，我的一半也就死了……"

我约见了咨询师，在他的帮助下，我"回到"2007年冬天的北川一中，进入校门，那两排树木依然整齐挺拔，一切像是什么都不曾发生过。整个校园空荡荡的，但空气中却弥漫着动人心魄的紧张，四处散落着湿漉漉的黄叶，操场角落那株蜡梅散发出冷冽的清香，而教学楼花坛前那株蜡梅只剩下一丛树桩，我攥紧拳头，小心翼翼地走上四楼，来到教室，课桌依然整齐排列着，却没了往日的欢声笑语，我在门口向里望了望，并不敢进去，我无法忍受自己的紧张便快速跑下楼去，穿过操场跑向校门口……

第二次，我"回到"2007年那个大雪纷飞的冬天，我看见大家在雪地里欢呼奔跑，我捡起一个雪球砸向同学，然后快乐地跑回教室，我看见大家整齐地在教室认真学习，一下子热泪盈眶，他们都在，每一个都在，魏老师依然穿着那件黑底白花的孕妇装，安阳靠在课桌上傻傻地望着我笑，飞妈立在她身旁，宗阳就那样看着我，张翠还是那么傻乎乎的……一时间大家都齐刷刷地看着我，我走进教室走上讲台，我对大家说："好久不见，你们都好吗？"大家纷纷靠了过来把我围在中间，我一个一个对他们说着那些没有来得及说的话，那些遗憾，那些抱歉，那些愧疚，那些不舍……他们都温和地看着我，握着我的手，他们轻轻地摇头，让我不必难过和抱歉，他们过得很好，他们在一起很开心，他们会一直在天上看着我陪着我的……我说："我一辈子不会忘记你们，你们永远活在我心里！"他们送我到校门口，我和他们一一拥抱再见，是那么不舍……

回到现实，我感觉心头的重担轻了至少一半，我终于和他们告别了。我可以轻松前行了，带着他们的祝福前行。我知道前方有许多荆棘，甚至毒蛇猛兽，但是我并不害怕，因为我不是一个人在前行。

第五章
Chapter 5

没有双臂依然可以拥抱世界

生命如此丰富,

以致花朵枯萎而且充满哀伤。

向上,向上!

2010年12月12日,在广州举办的亚残会开幕式圣火点燃仪式上,一男一女两个单腿截肢的运动员,放下拐杖向最高处接力攀登,全场沸腾。我和干妈王志航在现场观看。我脸憋得通红,全身颤抖。

干妈说:"王虎,吼出来吧,这里可以吼的!"

我试了几次,终于憋足力气吼出来,哦哦哦,像受伤小动物的干号。干妈听见了,鼓励我再大声点。我汗如雨下,更加用力地嘶吼起来,啊啊啊。

那一刻,眼泪、汗水随着喉咙和胸腔的振动流出来,我感觉心头刹那放松了下来。

这一刻,全世界都在为残疾人行注目礼,全国的观众都在为他们鼓掌呐喊,我也是被打动的一员。地震的可怕经历,地震后的多次手术,这两年来郁结在心头的太多的心酸和痛苦、失望和委屈、无奈和挣扎,似乎在这一刻得到了释放和平复,整个会场上群情激奋。失去双臂没什么,我还是我,只不过是新的我。

这一刻虽然没有双臂,我依然想要拥抱这个世界。

在板房里开始练习用脚打字

地震后的我成了一个负担。

从早晨起床开始,差不多每一件小事情都需要麻烦别人。需要人来帮我穿好外套、裤子、袜子,帮我系好鞋带,帮我洗脸、梳头发、刷牙,然后我才能出门。一日三餐,需要有人喂饭。喝水时,需要有人倒水,插上吸管放在我嘴边。但最不好意思的是，需要人帮着上厕所。

是的，告别童年之后，我又重新过上了"衣来伸手，饭来张口"的生活！

在此之前，我做过两次手术。被救后，因为伤势严重，我被送到重庆救治，在重庆做了截去双臂的手术。治疗后，我的双臂残端条件还可以，医院立即给我安装了一套假肢，对我进行了20天左右的简短训练便让我回家了。在家里我继续摸索着使用这套"手臂"，可惜效果并不理想。这套假肢能完成的动作很简单，屈伸肘关节、旋转腕关节、大拇指与另外4根指头的张闭动作，两个动作并不能同时或者有序进行。

也许是我训练得过于刻苦，也许是第一次手术中伤口没有处理到位，10月份，残端伤口不幸感染，我不得不到绵阳做了第二次手术。

第二次手术后手臂仅保留了几厘米长，从重庆得到的价值不菲的手臂装置就再也没用了。震前，我的身高已经超过了1.8米，失去双臂后，我连走路都要重新去找平衡感，否则就摇摇晃晃的。我只能减少活动，尽可能待在医院的病床上，父亲看我百无聊赖，倾尽家里所有，为我买了一台笔记本电脑。

2008年11月18日晚上9点，全美华人文化教育基金会的志愿者们来绵阳中医院6楼外科病房看望我，父亲见有人来，让我给大家展现一下我的坚强。我在病床上举起脚丫，敲击键盘。这一行人里就有以后对我帮助很大的我的干妈王志航。

干妈后来在她的博客里，讲到事情的起因。北川中学教师廖光明和袁袁在李安强家的板房里，直接地问她："王姐，学校有那么多受伤的孩子都是你的干儿子干女儿，王虎你要不要？他太可怜了，家里很穷，双上肢高位截肢，现在在绵阳中医院住院，他正在学着用脚打字，尚无任何资助，我们想请你帮忙联系爱心人士。"

多年后,地震致残的孩子们已亲如一家。图为在干妈王志航家,王丽(右)在悉心照顾王虎(左)。

见到我的那一刻,干妈一句话也没说,也许她也不知道该怎么安慰我吧。后来她在 QQ 日记中写道:"鼓励一个失去双臂的孩子,真的不是我的强项啊,但是我还是努力去做到最好,把绿丝带轻轻地系在他的衣服上,心里想,他从现在开始就是我们'绿丝带'项目重中之重的宝贝了,我一定要帮他,一定!"

那段时间的我,自卑、暴躁、伤心、绝望,所有负面情绪堆积在一起。但是我知道我必须接受这样的自己,说一句谢谢,并在电脑上打出来。这对于曾经的我是毫不费力的,而今天却无比艰难,感觉举起的脚疼腿疼,全身出汗。只要有志愿者团队来看我,我就需要这么表演一番。

爸爸说,小虎,要感谢人家。

做完手术后，7月底我回到北川马槽乡，地震让我熟悉的一切变换了模样，满目疮痍。以前的那些伙伴们依旧蹦蹦跳跳，如往常一样正常生活，而自己却时时刻刻需要有人照顾。以前和他们一起嬉戏，一起爬墙跳坎，一起干活做事，现在却成了一个局外人，只能在一旁眼睁睁地看着。默想着如果我提出要参加那些游戏，比如打个牌，他们也可能会因为照顾我而改变规则，即使他们会假装不在乎这个累赘；也想着假如自己身体还健康，能和父母一起去劳动，那依照自己的干活速度，他们可以早一点回家歇息……

独自一人待在房子里，可以几小时地处于幻想中，幻想自己能像电视剧里那些奇人异士一样隔空取物，或控制某样东西按照我的意志进行运动，或干脆不吃不喝不用麻烦家人花时间来照顾我了。我自己解脱了，也不用再拖累家人。但幻想终归是幻想，你望穿电视，它也不会为你自动开机；你望着水缸，水也不会自动流到你嘴里。当幻想—破灭—幻想—再破灭的时候，回想自己异想天开的想法，是多么幼稚和可笑，简直可笑到哭。

回到现实，我依然要事事拜托自己的父母。我的父母干惯了农活，牵牛喂马是内行，但对于照顾人这种细致的活却不太在行，有时笨手笨脚的或者没有达到我的要求，我就会大吼大叫发无名火。我对自己很无奈，父母对我也很无奈，有时发火时双方都噙着泪水。被外人看到了，有人会指责我的不孝，也有人理解我的心情。每逢这时候，不善言辞的父母就说一句："这有啥，只要能叫一声爹妈就可以了。"

其实我对父母没有失望，只是对自己充满了失望和自责。

这样闲在家里太无聊，也太消沉了。我觉得回到学校或许会让自己有一些改变。因为我羡慕哥哥在读大学，以前的我并不比哥哥差。

2008年12月27号，我复学回到北川中学，学校专门给我和父亲安排了一间板房宿舍，好让爸爸照顾我。每天晚自习我都不去教室，留在板房里练习用脚打字，这是我与外界进行交流的唯一方法，也是目前我唯一愿意做、勤奋做的事情。志愿者中，干妈与别人不同，和她聊天，也是问一句答一句，我不善言辞，但是她很快就能懂我。我和父亲告诉她，回学校是没有办法的办法，老师讲一句我听一句，我甚至无法将书本翻到下一页，这和几个月以前的那种读书生活落差实在太大。由于没有做笔记，课后也没有办法做练习，学过的知识很快也会忘记。

干妈说，孩子呀，你学习就是在望天书啊！我自己也觉得这样读书真的没什么意思，想去一所特殊学校，学校也在帮我联系，却一直没有结果。据老师反馈，全市的特殊学校招生人数很少，招的一般都是义务教育阶段的学生，能在高中阶段办特殊教育学校的，国内还没有。干妈说愿意帮助我，让我用心读书，坚持下去。

不久之后，干妈打来电话，问我是否愿意参加北京的冬令营，有赞助有志愿者。她很热情，行程安排很周到。但是我拒绝了，没有多讲，就是说不方便。其实伤残以后我不愿意在人多的地方待着，更不愿去应酬人。

打破了省运会的纪录

2009年7月，成都的一个游泳教练找到我，问我是否愿意参加游泳训练。教练虽然是第一次和我见面，却对我很有耐心和爱心。

他说我体质好、个头高、脚掌大，学习残疾人游泳有着特别好的条件。我想了一下，那会儿我体重不到100斤。相比在学校的这种枯燥乏味"望天书"的日子，换一个新环境或许会好一点，顺便还可以锻炼一下身体。

被选入游泳队，我懂得了一个成语——如鱼得水；见识了一些人，那是另一个成语——相见恨晚。

每天下午，我开始去位于成都五块石的文体中心训练游泳，正是游泳队给了我重新融入社会的机会。

这支队伍充满了友爱和温暖。游泳队队员有因各种原因致残的，有肢体的、语言的、视力的、智力的……就是这样一支参差不齐的队伍，让我成了一个有用的人。我不再感到让别人帮助是不好意思的，大家都不会歧视对方，反而相互协作，用自己已有的功能去弥补对方缺失的功能，相互照顾、相互协同来完成某些个体不能完成的事情。

现在，我要全力以赴了，读书的路已经走不通了，在这里，我却可以有新的目标和动力。

训练就是为了比赛，几乎每年都有针对不同人群的比赛，像全运会、锦标赛、青年组比赛、奥运会等。和周围的人比，我进入这行太迟了，没有任何底子。同龄人中，有的已经在国际比赛上获得过名次，拥有丰富的比赛经验，他们当中有些人从很小就接受专业的训练，少的有五六年，多的则有十年以上。

我有的，就是对什么都无所畏惧的精神！经历过地震那么恐怖的环境，没有什么能让我害怕的了。

但在刚刚接受训练的那段时间，我觉得非常痛苦，刚下水的时候完全找不到感觉。由于没有上肢，无法保持平衡，不能抓握"水线"，更不会调整呼吸，所以我经常呛水。但是没有任何退路。如果掉下去了，我就把眼一闭，让自己往下沉。每次这样放空自己的时候，我反而轻松地浮在了水面上。

最开始我的身体机能还没有完全恢复，每次游 25 米都需要停下来休息四五次才能完成，但我逐渐懂得了水性，懂得了呼吸，懂得了游泳的魅力。

每次睁开眼睛看着水池下面蔚蓝安静的世界时，我就有了莫大的安全感和温暖感。很快，我就学会了主要依靠腰腹和脚掌的力量游泳。随着技术一点一点提高，我的自我意识苏醒了。我喜欢做自己擅长的事情。

我 18 岁的生日是在游泳池中度过的。游上岸的刹那，是干妈把蛋糕端到水池边，她给了我一个惊喜。

功夫没有白费，仅仅经过十个月的训练，我就在四川省第七届残疾人运动会游泳比赛上，获得200米混合泳S6第一名，打破了省纪录。还在50米、100米自由泳，50米蝶泳和100米蛙泳项目上打破了省纪录。

有时候，我坐在游泳台上，阳光透过屋顶打在我的身上，打在我那短短的小手臂上，我看着泳池里的同伴，泳池里的人可真是千姿百态啊！有时候，我被泳池里陌生人对我提出的问题逗得开怀大笑。

我学会了拥抱

在游泳队训练期间，2010年3月，香港慈善机构"站起来"联系到我，赞助了我生平第二套美容手臂，但是这套手臂给了我沉重的精神负担。

这套美容手臂很娇嫩，脏了不容易清洗。装上手臂以后，胳膊不再空荡荡的，好看是好看，但不实用不灵活。其他人对于假肢的期望值很高，但是我却不抱什么希望。我悲哀地发现，脚的假肢和手的假肢所负责的任务并不能相提并论。在人类的进化中，手承担的功能太复杂太精细了。

这套手臂科技含量很高，结合我的实际情况定制，造价达几十万。

但是，有一个无法解决的难题是，我没法自己穿戴。

这意味着我必须求人帮忙，一旦外出也无法自己装卸。想要穿上这套假肢，还必须固定3条背带，以防假肢会突然掉下来。你就想象一下五花大绑是什么滋味吧！

使用装有电池的假肢还有一个尴尬的问题，如果在使用中突然没有电了，我就会停在某个动作上。

假如我想用一个杯子喝水，需要经历张开手掌拿住杯子—合掌—屈肘到合适的角度—旋转腕关节以靠近嘴巴这样一个过程，也就是说，我需要20秒以上才能将水喝到嘴里。

长期这样我想我的下巴会脱臼的。

再比如吃饭，这个动作更复杂。首先需要有人帮你把勺子放在"手"中一个固定的位置、固定的角度，这是保证能把饭送到口中的一个基础，接下来就是完成一整套动作把饭送到嘴里，这期间还需要有人帮忙旋转碗，保证手能舀起饭来。

那不像是在吃饭！我知道，智能手臂的安装和试验，是目前假肢研究中世界级的难题，所以我放弃了依赖假肢，只靠自己的双脚和小手臂。

在游泳队里，我神奇地学会了自己照顾自己。

在队友中，有两个和我情况差不多，其中一个完全没有双臂，另一个保留着肘关节。他们打小就战胜了生活中的各种困难，所以我的自理能力是向他们拜师学艺得来的。

我很佩服他们，即使失去身体的某一部分肢体，对生活也应对自如。我向一个队友学习如何用脚吃饭，包括捡丢在地上的硬币、卡片、针头等，可是，有些动作难度实在太高了，我到现在也不能完美地做出来。

当时，哥哥大学放假，在游泳队照顾我，可是他一个月之后就要返回学校，他走后，我可能会面临没有饭吃的窘境，其他队友也向我施加"压力"，所以我开始尝试用脚吃饭。

一开始，我在心理上很抵触这件事情。一年前，我生活的方方面面都是靠手来完成的，脚只负责支撑我的身体，将我送到想要去的地方，并且，白天跑了一天，晚上脱下袜子脚的味道一点也不好闻……而如今却要将手的功能转移给脚，让它送饭到我的嘴边，这似乎一点也不卫生。

思想上纵有百般不情愿，也不得不面对摆在面前的现实，我必须做，而且身边就有人在这么做，我想我也应该接受这个挑战。

开始真的是太困难了，用两个脚趾夹住一把勺柄，然后弯曲，还要配合脚掌的扭动和脚踝的屈伸，这个动作我根本不会做，因为在我的神经控制系统中，根本没有这个指令，这么发布命令脚趾头是不执行的。好在其中两个脚趾头自然靠得很紧，我让其他人帮我把勺柄卡在中间，不会掉。

接下来我尝试着吃了第一口用脚喂的冰激凌。我的韧带没那么软，将嘴凑到脚边时扯得我的腰生疼，同时脚也在发抖，动作笨拙到极致。尝试了许多次，好不容易从碗里带出一块冰激凌，这么一抖又没了。

为了吃一口冰激凌，弄得我满身大汗。皇天不负苦心人，我不停地尝试控制自己的脚，终于如愿以偿吃下了第一口冰激凌。这是一年多来只有靠别人帮助才能吃到东西的我，第一次自己喂自己冰激凌，心里顿时五味杂陈。

我跨出了第一步，就有了更长远的打算。将来我还想用脚满足生活中的各种需求，那就意味着我必须彻底改变从前那种视脚为"低级肢体"的愚蠢想法，上天同样给了脚五个趾头，谁说它们只能用来走路？于是我每天都尝试着喂自己吃一点饭，久而久之，我的动作因为多次练习变得更熟练，我的大脑中也产生了许多新的控制指令。我还学习其他人，用我三四厘米长的手臂，慢慢学会了刷牙、洗脸、开门、拉抽屉等新技能，自理能力在慢慢提高。

但还有一些事情，我永远也无法完成了。比如，我躲不过蚊子的叮咬，夏天后背被咬得痒死了，但我无法去挠，只能忍着。比如，为了不麻烦别人，我十年不穿内裤。干妈开玩笑说我是"空军司令"。

没过多久我还学会了拥抱。心细如发的干妈发现没有双臂的我，连基本的社交礼仪也做不到，比如握手，比如拥抱。我总是很尴尬地沉着一张脸，拒人于千里之外。

有一次我和干妈独处，干妈建议我学着拥抱。

"用仅剩的那一小节手臂吗？那个'小手'很能干呢，可以洗脸刷牙喝水。"我把"小手"甩来甩去的，并不把它们当回事。

干妈说，不要随便全身乱动，仪态要稳重。对于拥抱，要试一试拥抱的时候传递出自己的感情。

我于是用身体和干妈的身体碰一碰。

干妈说:"不是的,你这太短暂了,太唐突了,别人还没有反应过来。"于是我重新站定。干妈教我,要主动伸出身体,把脑袋放在别人的右肩膀上,全部身体向前靠一靠,要让对方感觉到我的温度,感觉到我的踏实和笃定,然后眼神交流,微笑一下。

好,来拥抱一下吧!来拥抱一下全世界吧!

我重新学会了拥抱!

没有手臂却要点燃火炬

在游泳队里,我想的最多的是怎样学习文化课。

游泳队里最小的队友在小学还没有毕业时,就开始接受训练。参加竞技体育项目的运动员二十多岁就要退役,但是他们只有小学文凭,这怎么可以呢?

2010年8月,参加完四川省第十一届运动会后,我回家休息了两个月。10月,又返回学校读书。

我离开学校的时候正在复读高一,我希望凭借自己的努力能够获得一张高中毕业证书。

这年11月的某一天,干妈突然给了我一个巨大的惊喜!在广东、四川、北京等地志愿者的联手努力下,在国家体育总局有关领导的关注下,我被破格选为广州2010年亚洲残疾人运动会的火炬手之一!

杰出运动员或者对残疾人工作有卓越贡献的人才能够获得这个荣誉,我没料到自己会有这样的机会,一时间不知所措。干妈却对我说:"你代表的是北川。"

志愿者冼老师给我写的推荐词是：残酷的地震夺去他的双臂，王虎却用坚实的行动宣示——他要飞翔！他灿烂的笑容，他搏击浪花的英姿，已成为我们精神财富浓重的一笔，在你面前我们没有困难！王虎，你一定能飞起来，因为你还有13亿双翅膀……

来自各方的温暖让我十分感动，同时也压力巨大！

这是一个多么鼓舞我的机会，我将"拿"着火炬在马路上跑大概100米，在这个过程中，我要向两侧围观的市民、啦啦队、我的助力团以及电视机前的人民展示自己的风采、展示来自地震灾区新的精神面貌、展示自己虽经历了地震无情的伤害而依然顽强的生命力……

干妈告诉我课后可以到操场上去模拟一下跑步，这不是百米竞赛，所以不能跑太快；因为要举着火炬，要让火苗燃烧，所以要跑得很平稳；因为自己代表北川县，要面带笑容。

可是我这样短的小臂，怎么能举起火炬呢？

广州志愿者愿意找个单位专门研制出类似假肢的支架。广州奔驰公司许诺承担这个任务，将为我量身打造特制装备。

2010年12月10日，我和干妈，还有其他20个小伙伴一起飞到了广州。刚下飞机，走到出口，外面的场景使我愣了一下：外面挤满了人，每一个人都举着牌子，"××的爱心家庭""××加油""欢迎来到广州"……他们是广州的市民——充满热情和爱心的广州市民！

从机场到酒店，一路的鲜花和"we cheer、we share、we win""一起来，更精彩"的广告牌铺满了大街小巷。亚残会的气氛笼罩着整个广州城。

迎接我的"爱心家庭"是广州体育学院的一群师生。

即将高中毕业的我，将会和体育学院的学生住在一起，提前体验大学生活。我见到了广州奔驰公司专门为我设计的装备：由塑料背带、金属支撑架制成的火炬底座，考虑到我的特殊情况，他们已经进行过多次模拟测试，调整稳定性、舒适度。在他们的帮助下，我尝试着将这些装备穿戴了起来，没想到效果非常好，完全可以满足接下来的传递需求。那个支架上装饰有很多红色布条，上面是一个个志愿者写的寓意吉祥平安鼓励等的祝福语。

2010年12月11日，天气还可以。

早上从酒店出发，大巴车早已在外面等候，工作人员和火炬手集中坐车前往，大巴车沿着马路缓缓驶去，马路两侧都有警戒线将人群隔开，警察和相关工作人员在马路上执勤，这条马路一直通向将举办开幕式的体育馆。我坐在车上，马路两侧都是围观人群，他们有的手持国旗，有的将国旗贴在衣服和脸上，还有手捧鲜花的、跳舞的、拿着亚洲残运会宣传海报的、拉着横幅的……第一次看到这种大场面，我多多少少还是有一点紧张，同时又很兴奋。

汽车每前进100米左右，就会有一位火炬手下车等候火炬传递。我是我们组的第80号，没过多久，随行志愿者拿着火炬支架和我一同下车，这位志愿者帮我穿戴好支架，随即主办方工作人员手捧一个大约80厘米的金黄色盒子走过来，盒子里面就是"潮流"火炬，工作人员给我佩戴火炬的那一刻，我的自豪感油然而生，这简直比站在领奖台上接受颁奖还要令人激动，以至于我都有一点发抖。

不一会儿，神采飞扬的79号火炬手将圣火传递到我这儿，工作人员拧开了燃料控制阀，随即示意我与79号对接完成火种传递，火炬还没有完全靠拢，突然一个20厘米左右的红色火焰从火炬顶端蹦了出来，接过寓意着奥林匹克精神与和平友谊精神之火，我深感自豪！

接着我向马路两侧的围观人群鞠躬，然后小心翼翼地缓缓向前移动，像举着一个婴孩般神圣和庄严，我不时向两侧的人群挥舞衣袖进行互动，笑容灿烂。马路两边喊叫声此起彼伏……

虽然只有短短的 85 米，但却是我至今都不能忘怀的一段全新的路。一步一步，我在马路上自豪地跑着，向全世界展示着来自地震灾区的精神风貌和新的生命奇迹，那一刻我就是汶川地震灾区的坚强代表，是北川所有幸存者的代表。

在汹涌的人潮中，干妈组织同行的兄弟姐妹为我在特定区域加油，那一片区域的呼喊加油声是最响亮的，聚集的人也是最多的，就在那一两分钟里，有的人嗓子都喊哑了。

当我举起火炬缓慢奔跑的时候，我看见干妈他们泪流满面，他们都太激动了，以至于无法抑制住自己的情绪。

我，第一次笑着流泪了！

每认识一个人就是重新活过一次

在广州的时间虽然很短，但是那些给我爱的人让我学会了很多，那些为我鼓掌的人让我觉得自己应该更加努力，不辜负他们对我的期望。

最应该感谢的人是干妈。这次去广州，干妈不只为我一个人考虑，她还组建了一个大团队参与。这个团队里小的只有几岁，大的也不超过 20 岁。她说，不光是我，这些兄弟姐妹他们都代表北川。

为了让我们看到更大的世界，干妈操碎了心。一个月来，干妈和各方人员沟通联络，每天晚上都是凌晨一两点钟才能拖着疲惫的身体睡下。要带着二十多个孩子去广州，干妈首先要征得孩子父母的同意，获得他们的信任，家长们是否愿意把刚刚受过伤的宝贝儿女交给一个陌生人，带到离家几千千米以外的地方？如何同十几个学校交涉给学生们请假？去了要进行哪些活动、行程怎么规划、交通食宿怎么安排，等等，都是 50 多岁的她一次次打电话协调联系。

另一方面，这次活动为每个孩子都找到了一个对应的"爱心家庭"。虽然广州志愿者团队也有一个负责人，但干妈也需要分别考量这些家庭是否能够完全接纳一个有身体缺陷的孩子住在家里，这是需要承担风险的，因为一旦出现意外，比如有家人排斥，或者说家里的小孩不懂事无意伤害，那么可想而知这对一个单纯的伤残孩子会带来多大的伤害，造成的阴影需要多长时间才能消除？干妈要一一预估这些情况，把风险控制为零。

去广州的那天早上，干妈特别忙碌。有个别小孩没有到过机场，他们喜欢"探索"新世界，干妈只带了一个助手明显不够用，她花了很多时间去找那些孩子，又要取票，还要协调机场工作人员安排绿色通道。这中间有一个孩子因为没有正式的身份证，带了一张临时身份证，检查时发现已经过期了，所以机场不出票，她又生气又着急，这可是在活动开始前一个月就已经多次强调了的，每个孩子要准备好自己的所有证件，那一刻我看到了她的不知所措。

这样的啦啦队，不是去旅行，而是要通过观摩残奥会，开阔孩子们的视野、建立健全对社会的认识，向社会展示自己。这是一个非常难得的机会，要是因为身份证的问题不能顺利登机，那这几个月辛辛苦苦的筹备工作就白费了。

几分钟的手足无措之后，干妈施展了她的独特魅力。她一贯直率强悍，不轻易向困难低头。干妈向机场工作人员详细讲述了这次活动的缘由、组织过程，希望在原则许可的情况下，给我们这个团队机会。就这样，机场工作人员被说服了，安排加急办理了新的临时身份证，最终我们顺利登上飞机。

短短一周的广州爱心之旅，我们每天都有新发现，大家都收获不小。

开幕式、科技馆、野生动物园、电视塔、大马戏……广州的志愿者和爱心人士安排了丰富多彩的活动，这些活动时时刻刻都冲击着我的心灵。虽然我们每天都要坐很多次的车，走很多的路，有时会很累，休息得也少，但是我们很开心。

感谢广州这些充满爱心的志愿者，是他们让我第一次去广州就爱上了这座城市，这座色彩缤纷、温馨暖人的五羊之城。

广州之行之前，广州的"爱心家庭"很细心地为我们准备好衣食住行，考虑得很全面，生怕我们没有得到周全照顾。活动中，有几次晚上都快11点了，他们依然不辞劳苦地到集合地点来接孩子们，回到家就快12点了。第二天早上又早早地把孩子们送出来。我猜即使是对他们自己的孩子，他们也没有这样宠溺过吧。

广州之行前，有一位志愿者是和干妈一块儿来北川中学接我的。起初，她给我的印象就是一位很朴实的中年妇女，话很少，衣着打扮很朴素，在人群中几乎不会成为焦点。我和她第一次接触是在学校的食堂里，我们共用一张餐桌，那天中午她吃得很少也吃得很快，吃完后特意接手另一位志愿者给我喂饭，我发现她喂饭很熟练而且非常细心，对我就像对待一个小宝宝似的。因为有了这次接触，所以第二天去新都动物园玩的时候，我会叫她帮忙拿水喝、拍照之类的。

她人比较随和，经常问我需不需要帮助。有一天，她邀请干妈、我和另一位小伙伴去她家住一晚。刚到她家楼下大堂，我就被震住了，大堂装饰得像星级酒店，电梯直接通到她家的门口，这让我这个农村娃娃大开眼界。我们三人都很惊讶，向她咨询鱼缸里养的是什么鱼、这个飞机模型多少钱、这台钟从哪儿买的、天文望远镜怎么用等无数的问题。

我不知道她明明可以坐在家里享受悠闲的生活，却为什么要跑到四川来做志愿者？明明和孩子出门可以让司机接送的，为什么偏偏要坐公交车？后来，我们聊天的时候了解到她也是四川人，从农村出来，年轻的时候随着老公走南闯北，吃了很多苦才建立了自己的事业。

她和老公从来不会纵容孩子，一直给孩子传递一种正确的价值观和人生观。日常生活中也是很节约的人，她教育孩子："我们的每一分钱来得都不容易，没必要的消费是一种浪费，浪费是可耻的！"

和她的幸福相比，2008年的大灾难让她寝食难安。当时她由于工作缘故走不开，无法身体力行为灾区人民贡献一点力量，碰巧这次从电视新闻里知道北川的孩子们要来广州，她主动和干妈取得了联系。

我听了她的故事，心里产生了无限敬意，这些帮助过我们的人都很优秀，她们自己成功以后会想着回报社会。特别感恩她们，在短短的时间内，教给了我许多做人的道理，我也想成为回报社会的人，想像别人帮助我一样去帮助需要帮助的人。

除她之外，广州志愿者中还有一位对我影响至深的人，那就是任平哥哥。

大概在2009年，我刚进游泳队不久，干妈来游泳队看我，并带来了一个好消息，说："有一个哥哥他姓孟，可以叫他孟孟哥哥，会对你和另外几个学生的学业进行赞助，每个月给你们一笔生活费，直到你们完成学业参加工作，能靠自己的能力挣钱为止。"我听到这个消息的时候有点诧异，怎么会有这种好事？以前在学校读书的时候，申请困难补助，至少还需要写申请书之类的。

直到2010年去广州前夕，我才了解到任平哥哥在华为工作。

在广州有一个行程就是和任平哥哥见面。见面后，任平哥哥请我们吃了海鲜。在餐厅里，哥哥捧着火炬和我聊天，他说一年前的地震让他痛心疾首。那时，他在国外出差，每天看着从国内发来的报道，他吃不下饭也睡不着觉。电视画面中，房屋倒塌、山体滑坡、灾难现场人们哭天喊地、一具具身体从废墟里抬出来、医院的抢救画面、全身都裹着纱布的伤员……

事隔经年，他讲这些话时的表情和语气，还留在我脑海里，我深切地感受到他当时的震惊和伤心。我们见面的时候，他说他之前从来没有见过我们，心里很挣扎，不知道自己有没有勇气面对这些从鬼门关走了一圈回来的人，从小他的生活无忧无虑，假如他也经历了灾难变成我们如今的模样，他自己是否能够重拾对生活的信心？有没有勇气面对自己？

在此后的日子里，我也多次遇见这种乍看之下貌不惊人，其实却很优秀伟大的人物。我知道每一个人都有他自己的一份传奇，多了解一个人，就多一份经历，也就等于多活一次。

当火炬熄灭时我想要生活

这一生我要感谢很多人，只是在需要感谢的时候，自己并不知道要如何表达出来。

她是我的初恋，但是她提出了分手。她是我遇见过的最温柔的，最漂亮的，最惹人爱、最风趣幽默的、最具包容心和爱心、最善良的人。在分手的那一天晚上，我变得极度狭隘和自私，几乎失去了理智，不信她说的一切，她一直鼓励我不要放弃对生活的希望、对美好爱情的向往。而我一直在怪罪她。她说我们可以继续做朋友，但我选择了一刀两断。

所有的对话中，我没有说过一句感谢她的话，感谢她在我的生命中出现，感谢她爱过我，感谢她曾经让我成为这个世界上最幸福的人，我甚至没有给予过对她未来日子的祝福，这让我非常懊悔遗憾！

是的，举起火炬的刹那，我曾经为自己骄傲，我曾经觉得自己能代表北川；可是火炬熄灭以后，路不是还那么长吗？

在失恋之外，我真正的危机是生存。

2014年，25岁的我退役了。在竞技比赛中，特别是个体与个体之间的对抗赛中，年龄是一个强大的对手，所以当游泳队提出我该退役的时候，我

第五章
没有双臂依然可以拥抱世界

王虎（左）2017年只发了一条朋友圈，资助他的爱心人士任平七年后专程驱车到资阳来看他。

图为王虎（左）和一直关怀帮助他的戴克维伯伯。为了给王虎装上"双臂"，戴克维曾和假肢制作公司有相当细致的讨论，希望能攻克这个世界难题，为王虎装上一套合适的假肢，但一直未能如愿。

没有犹豫和纠结。我收拾好私人物品,约游泳队里的队友们一起吃了顿饭就走了。

我的游泳生涯如同辉煌灿烂的火炬一般,燃烧过,然后熄灭了!

我该如何生存?像歌里唱的一样,我陷入了迷茫,人生再一次失去了方向。

退役后,我在家待了整整一年,我问自己:体育方面没有多少骄人成绩,学业没有完成,没有求职的敲门砖,没有手臂学不到任何的求生技能,我能自食其力吗?

回到老家马槽乡,我的生活陷入差不多绝望的状态。

地震后的老家,山区的道路遭到了严重的破坏,以前的老路根本无法通行,有些路段已经沉在堰塞湖底。政府为了解决上游十几个乡镇的人员和物资输送问题,将道路破坏最为严重的北川老县城至治城路段改为擂鼓至治城路段,名曰雷禹路,这条路坡陡、弯急、车流量大,宛如一条巨龙盘踞在几座大山之中。这条路雨季有塌方、泥石流,冬季结冰路滑,旱季烟尘滚滚。

老家的生活一如以前,需要靠辛苦劳动获得收成。如果想在老家干活儿,我能力不如小孩子,不如一般的女人。在微信里,干妈给我指出一个商机,让我和爸爸靠山吃山,养多肉植物,然后批发给成都花市。说干就干,我找了很多废弃的木桩子,钻了孔,开始种花。不过父亲并不觉得这个能赚钱养活我自己。

6月,我独自去了成都干妈家。

在干妈家里,总会遇到和我一样经历过生死的同学们和朋友们。他们有的在读书,有的已经工作了,每一次相见,他们都会给我不同方面的精神鼓励。

我不再苦闷,机会总是要自己找,天无绝人之路,王虎要努力成为一只下山虎。

2015年10月,在干妈和戴伯伯等众多爱心人士的努力下,我获得了一次面试机会。我从老家坐大巴车到县城，然后从县城坐火车到成都北站，再从成都北站坐地铁，独自敲开了成都温江干妈家的门。推开门的一刹那，干妈惊讶了，说你是真的独自来我家的？她拍下了我当时的样子，我的小短胳膊上放着由滴滴师傅帮我搭上去的红色行李包，嘴笑得咧开了花。

是的，只要社会给我机会，我就会全力以赴。

2015年10月10日，我获知我可以去四川加多宝公司资阳分公司报到了。这是我的第一份正式工作，我非常珍惜这来之不易的机会。干妈给我准备了新的被褥，又和小干妈、王丽姐姐与其他伙伴一起去送我。在资阳，我成了安全监控员和产品推介员。

到了公司，我被带着熟悉了工作流程，被介绍给工作伙伴，然后被安排了宿舍，三个人一个房间，其他两个小伙子提前被叮嘱要帮助我料理一些生活事务。我能自食其力了，这要感恩我的干妈王志航。没有她，就不会有我的今天。11月24日，我收到了人生中第一张工资条，第一时间给干妈发了红包。干妈说我要感谢廖老师和袁袁老师介绍我俩相识。我回复她："是的，生命里的每一次遇见，都会触碰出绚丽多姿的花朵！谁也无法预知您在我生命中是何等重要，感谢那天您真的找到了我，我遇见了您。"

我在加多宝工作8个月后，趁着第一次假期回家度假的机会，去成都看望了干妈。她希望我加油工作，强大自己，努力攒钱，以后有资格找一个好女孩陪我过一辈子，能帮我把水杯插上吸管，把葡萄洗净放盘，把鞋子洗刷干净，还能帮我擦去脸上的汗水。

在单位，除了勤勉工作，我还给自己制订了学习计划，每月读一本书；我把家里的旧电脑带到单位，业余时间学习看看股票；按时锻炼身体；随时用脚擦地，整理内务。公司为了照顾我，特地在宿舍安装了一台自动洗衣机，并且有了洗澡间。

认真工作的我，在2017年底第一次获得了"优秀员工"称号。

2015年6月24日,在大家的鼓励下,赋闲一年后的王虎重振信心,蹦跳着为自己加油。

　　有时候我自己也在思考,大家说的"自强不息""身残志坚"等这些词语加给我是不是恰如其分,到底是这些词语启迪了我,给我灌输了力量,激发了我克服困难的斗志,还是我如果不这么做,就活不下去。事实上,如果我不能学会自己穿衣服,我就只能裸奔;如果我不能学会自己接水喝,那我会渴死……如果我不独自一人生活,我就不可能完全自理。

　　我比较赞同后面一种说法,生活强迫你去接受你不得不接受的事实,强迫你学会新的技能来求生。电影《为奴十二年》中原文"I don't want to survive. I want to live."让我的心"咯噔"一下,这话是为我写的吧。

　　我不想要生存,我想要生活!

第六章
Chapter 6

追爱——至少你还有我

为什么整个爱情突然降临,

正当我悲伤,感到你在远方?

来自四川绵竹汉旺镇的王丽是个爱笑的女孩。

她身材娇小，皮肤白净，笑起来眉眼弯弯，让人感觉如春风拂面。

2008年5月12日地震发生时，她是绵竹东汽中学高三学生。当时他们的教室在教学楼的四层，地震中整个楼体在十几秒内轰然倒塌，他们从十几米高处直接被埋入废墟中。

经过武警战士38个小时的紧张施救，王丽被救出。5月14日，王丽被送到了德阳市第二医院，她的爸爸第一时间赶到了医院。医生建议在帐篷里直接进行截肢手术，她的爸爸签了字，但是心里犯难，不知道怎么去和女儿说。这么大一个打击，家长都有点儿受不了，她肯定也接受不了。

爸爸没有更多时间犹豫，他俯在女儿病床前说："孩子，医生说要截掉你的坏腿。"

看到爸爸的心痛，王丽安慰他说："爸爸，你别担心，你放心吧，我少了一条腿，但还有一条命在。你要坚强，我也要坚强。"

原本提心吊胆的爸爸，甚至做过最坏的打算，怕万一女儿接受不了怎么办。女儿的豁达鼓舞了他。父亲咬着牙退到一边。手术时医院只提供了一颗止痛药，王丽始终忍着疼痛，没有发出呻吟声，后来疼到昏迷过去了。

不幸的是，术后残肢发生了感染。5月18日，高烧到昏迷的王丽被转送到重庆进行医治。但司机走错了路，次日凌晨，救护车阴差阳错把王丽送到了重庆市肿瘤医院。医院事先没有任何准备，但是当救护车到达医院时，医生一看到这个处于病危状态的孩子，立刻决定接收她进行救治。

王丽躺在病床上，感到日子漫长难熬。

条纹褥子下逐渐渗出血渍，在半糊涂半清醒的状态下，睡不着的王丽自我安慰着，有好的命运和坏的命运，选择哪一种呢？那就选择好的命运吧："虽然现在我没有腿了，但我可以念书念得好一点儿，也可以更勤奋一点儿，说不定工作单位会破格要了我，工作好了，再遇到一个真心真意的男朋友，有一个很美满的家庭，这样不是挺好吗。"

6月初，进行了一个月的清创治疗之后，王丽接受了第二次截肢手术，她的左大腿又短了一截，但是其他并发症逐渐减轻了。3个月后，王丽带着自己的残腿回到老家，80岁的爷爷看到了这个珍爱的孙女，悲喜交集。

三个人的高考

地震前的东汽中学，是四川省的示范高中，每年高考录取率在德阳市都排在前列。

王丽本来可以选择离家近的高中，但是打听到东汽中学学习氛围好，她宁愿多坐三小时公交车，也要来这个学校读书。入学后，王丽的学习成绩一直是班上的前五名，高三的时候学校根据成绩选了14个学生组成冲击重点大学的尖子班，王丽也被选入了尖子班，仍在四楼上课，其他人搬到二楼。

这样的安排无意中救了很多学生的命。地震中，四楼的尖子班学生遇难8个，而二楼的学生有两人遇难。王丽的同桌是校长的女儿，被公认为是要考入清华北大的苗子，但在地震中遇难了。

一旦恢复了清醒，王丽就开始想高考的事。

震前，他们班已经进入高考倒计时的状态。对她来说，地震后第一件要完成的事情，就是替所有没有机会参加高考的同学参加一次高考。时间离这一年的高考已不到三周了，但能不能及时去参加考试，对王丽来说还是一个未知数。

在病床上王丽清醒的时间有限，但她学习的愿望却异常强烈。只要有时间，或坐或躺，她会让父母或者护士帮忙在床头放满资料，自己随时可以看书做题。

照顾王丽的护士们发现了时时举着书看的王丽，被她好学的精神打动了。有一天，护士们专门做了一个牌子，放在病房门口：王丽在准备高考，请大家小声交谈。

这一幕被前来采访的记者拍下来，成为那年报纸上最令人难忘的照片之一。

为了延续她的大学梦，重庆八中安排老师给王丽送来了课本、文具和辅导资料，一个特殊的"课堂"就这样开课了。上午是王丽的治疗时间，下午或晚上，重庆八中高三各科的老师们会如期而至。老师们带来了各种模拟试卷。王丽每天做一套，做完之后，拿给老师改，老师再对症下药，给她开小灶。老师们为王丽耐心细致地查漏补缺，高强度的学习常常使她忘记了疼痛。

这一年的四川省高考，因为地震被延期一个月进行。

一个月之后，还在医院接受治疗的王丽，显然无法赶回学校参加高考，和她情况相似的还有两位同学，都在新桥医院接受治疗。她们的情况比王丽更加复杂。焦急的父母和学校的老师们反复沟通，学校的校长们又层层上报，最终得到的答复是：四川省高招办同意为她们在重庆设立专门考场，单独为她们押送试卷，单独为她们配备监考老师。

一切特事特办，这是一场前所未有的高考。

得知这个消息后，王丽悬着的心总算踏实下来，除了配合医生治疗，她连做梦都在学习。虽然病痛缠身，噩梦不断，但是周围的医生和护士都是那么亲切和蔼，父母有求必应，来探视的志愿者、媒体记者有趣幽默，她感受到了浓浓的爱意，以及这些年来从没有过的礼遇，当复习的难关过不去时，严铃姐姐流利的口语、标准的发音便会回响在耳畔，她浮躁的心便会慢慢平静下来，继续投入高考备战中。

考虑到王丽等人的特殊情况，考场最终设在了医院。

6月26日，四川省招生办工作人员专程赶赴重庆，经过多方协调，最后决定将这个特殊的考场设在重庆市第三军医大学新桥医院主病房大楼二楼远程病例会诊中心。王丽同寝室的两个同学彭丽和赵思莉腰椎和脚踝受伤，行动不便，就与在重庆市肿瘤医院接受治疗的王丽一起在新桥医院参加考试。

一个特殊的高考考场，三个特殊的高考考生。

考场门口左侧墙上挂了一块白板，供监考老师书写考试信息。考场内摆放着三张桌子和三把座椅，分别供监考老师和考生王丽坐。在靠窗的位置空出一块地方，供彭丽和赵思莉两人躺在电动病床上考试。

2008年7月4日，王丽和其他两个女生迎来了自己的高考时刻。

考试那天，王丽很淡定，虽然伤口还没有拆线，但是她做好了充分的准备，少喝水，按时服药，一定要在时间最长的语文考试中坚持坐三个小时。考场外面都是人，有记者，有老师，有医护人员，有很多保安，这是一场被高度聚焦的高考。

尽管只有三个人参加考试，但是高考的一系列程序都有条不紊地进行着，安全检查、宣读考场规则、发试卷。两名监考老师是绵竹中学英语老师刘梅和谢英。考场中由一台录音机播放考场注意事项，赵思莉和彭丽躺在床铺上作答，医院根据两人的身高搭配了两张木桌，而王丽则坐在轮椅上答题。

高考的严肃在这里有增无减，三个人"埋头答题"。

如果你经历过高考，就知道考题的密集程度，而一场考试下来学生往往体力消耗巨大。在这个燥热的上午，那些考题让王丽感觉似曾相识却又模棱两可，她努力地让自己保持清醒，无论伤口怎么痛，都要坚持考完试，因为这不是她一个人在考试。父亲说这是一场战役，好战士怎么能临阵脱逃？

积蓄了12年的力量，她一直盼望着在考场上见个高下。

两天考了六门课程，腰椎和腿疼起来让她身上汗如雨下。当看到作文以"最想说的"为话题时，王丽觉得这个题目好像就是给自己出的。三个参加高考的孩子瞬间都想起了那可怕的灾难，那些英勇无畏的解放军战士和她们那些无法回去的校园时光。

她们一边流泪一边写完这篇高考作文。

无论最后的成绩怎么样，王丽觉得只要参加了，自己就算释怀了，没有遗憾。但另外一个因地震受伤的同学高考发挥失常，打来电话跟王丽哭诉了半天。

平时模拟考的时候，王丽都能考520分左右，老师们都认为她最差也会考入二本大学。但身体原因、备考状态严重影响了王丽的发挥。不过王丽本人觉得已经可以为自己的高中生涯画上一个句号了。

她接下来的任务，是让自己告别轮椅，站立起来！

这是一场更为漫长的考试！

来自电话另一边的守候

疗伤的过程比想象的还要长。

2008年6月，发生了一件对王丽来说意义重大的事情，她发明了一种"自我治疗"方法，很神奇，可以抵抗所有疼痛。

在医院治疗的日子是灰色而寂寞的，每天都在和病痛做斗争的王丽，天天都期盼着有个同学或朋友来和自己聊聊天。

有一天，她突然接到一个陌生人的电话。

王丽睁开眼睛，心里想不知道谁会找到医院来，或许是同学？是杨柳

王丽（右）和傅世川将新家安在与王志航同一个小区，几乎天天都要来干妈家看看。

吗？还是老师的电话啊？"爸爸，我去接电话。"这时候，已经能坐在轮椅上行动的王丽喊着爸爸推自己去接电话。

在医院嘈杂的环境里，王丽没有等来熟悉的朋友，却意外地发现听筒那边是个陌生男子的声音，他介绍说自己是山东人，晚上在中央电视台的新闻里看到了王丽微笑的面容，想和王丽说句话。

王丽惊讶极了，红着脸说："没想到我上电视了。"那边的男孩爽朗地笑了，说："全国人民都看到你了，都看到了你微笑的脸庞，你的坚强让我无法忘记。"

这么直白的说法，让王丽的脸更红了。

王丽问他:"你怎么知道这个电话号码的呢?我以为是我的同学呢。"那边的男生说:"我介绍说我是山东中学的,你们重庆妹子听成是三中的,就把你喊过来了。"

听到这里,王丽忍不住笑了。她从电话里听出,对方是同龄人,也是高中学生。两个人一下子有了共同的话题,从学习聊到兴趣,从震区的情况聊到山东、四川的美食,王丽一下子忘记了自己是在病房,两个人越聊越开心,不知不觉地聊了40多分钟。

医院里的人来来往往,瞧着这个坐在轮椅上的姑娘喜笑颜开。

最后旁边等候半天的爸爸终于按捺不住了,他有点儿担心刚刚恢复的王丽坐着太累,告诉女儿该挂掉电话了,王丽才停下来。

这根奇妙的电话线带来的亲切感,让王丽仿佛重新回到了校园。后来的日子里,煲电话粥成了王丽摆脱病痛生活极好的疗伤方法。千里之外的山东哥哥也在预备高考,为了鼓励王丽学习,他每天都在固定的时间段打来电话,把地理、历史、政治等所有学科知识都讲出来。两个人通过电话共同学习起来,这条电话线,也让山东哥哥从陌生人变成了王丽的知心伙伴。

在参加高考之后,勤奋的王丽还做了一件事情。一半是因为在重庆得到救治而让她对这座城市有了不一样的感情,一半是因为觉得自己的分数可能离心仪的大学的录取分数线还有距离。王丽给重庆大学和四川外国语学院都写了自荐信,她诚恳地表达了自己想读书的愿望,同时也担心即使分数够了,学校会因为残疾而拒收自己,她想用诚心打动学校,给自己一点儿希望。

高考成绩揭晓的时候是2008年8月15日。467分,这个分数在王丽的学校已经算不错的成绩。东汽中学这一届参加高考的学生都因为地震影响发挥得不太好,王丽的班上只有五个人分数在500分以上,但以这个成绩很难进入理想的大学。

王丽的很多同学都选择了复读。考虑到地震过后家里困难重重，再加上自己的身体状况不佳，尽管高考分数离她心仪学校的分数线有巨大的差距，只能报考专科院校和三本学校，王丽还是不想复读，她想只要有学校愿意让自己去读大学就行，一所就行。

山东哥哥的电话及时来了，给她分析各种情况，让她不安的心情稍有缓解。在最需要安慰的时候，电话总能及时响起，那时的王丽，觉得已经找到了懂得自己的人。

只是因为在人群中多看了你一眼

重庆电子工程职业学院的通知书姗姗来迟，直到这年的9月份，王丽才接到通知，而有的同学早已入学。

在地震中救助王丽的重庆武警边防总队的官兵们一直关注着她，当她拿到入学通知书的时候，他们不仅决定要负担她在大学期间的生活费用，并且决定亲自护送她去上学。

重庆电子工程职业学院有两个校区，新生在新校区报到，去老校区住宿。重庆电子工程职业学院学生会干部傅世川那一年正负责迎新生工作，那是他和王丽的第一次见面。

"有个同学说有个因地震受伤的女同学，不知道怎么去老校区。"傅世川就去车上看了一眼，安排两个学生给他们带路。那时，他对王丽并没有产生任何印象。

在37℃的高温下颠簸了半个小时后，终于到达老校区，是个20世纪五六十年代修建的学校，树木葱茏，教室破旧。王丽被分配到一间由大教室改造的宿舍里，和16个同学一起住。房顶上只有一个电扇，宿舍里挂满了衣服，地上都是水渍，这一切让王丽心头的燥热更加旺盛。

傅世川和王丽（右）相敬如宾，他们的爱情令人动容。

爸妈和武警战士都走了。

加上天气炎热，王丽感觉自己的残端已经被磨破了，她一直等到宿舍的人都休息了，才拿着脸盆去水房。有个女孩看到她走路一跛一跛的，就帮她打水，她在水房第一次小心翼翼地说自己是地震灾区的幸存者。

一周之后，傅世川带着一群学生会的干部再次来到老校区，作为例行回访，他们想看看新生有什么困难。那天王丽正准备睡午觉，开门看到五个男生瞬间就脸红了。王丽的微笑，在那个瞬间击中了傅世川，从此他的眼睛再没有离开过这个女孩。

听着王丽从容微笑着讲述地震中的经历,这些男孩子都惊得目瞪口呆,他们不知道经历如此的生死劫难,这个女孩为什么还能如此笑着说出来。每个人心头都涌动着"要做些什么来帮助这个女孩"的想法。

"你不好意思说,我向上边反映一下吧,你行动不便,住在这个大宿舍里非常不方便。能调整的话尽量给你调换宿舍,让你能有独立卫生间。"傅世川立刻行动起来,通过学生会把王丽的情况汇报给了学校领导。

这天下午,学校领导来宿舍看望了王丽。学长们找到了一间有卫生间的宿舍,让王丽搬过去。王丽不是一个人搬过去的,这个宿舍可以住四个人。王丽毫不费力地报出了三个同学的名字。有第一个帮自己打水的,有第一个和自己说话的,有第一个陪她去教室的,从此这些女孩与她相伴三年,成为她最好的伙伴。

在学校,同学和老师常常被王丽的乐观坚强所感染。王丽说,虽然同学们都愿意帮助她,但不可以太麻烦他们,她相信自己可以做好。三年中她做了五次演讲,以自己的亲身经历为全校师生做事迹报告,感动了全校师生。

开启学霸模式的王丽火力全开:除了学习本专业的工商管理英语之外,她还利用周末时间报了计算机专业培训课程,英语过了六级考试,还申报了专科升本科的自学考试。第一学期,她以英语92分、其余科目全优的好成绩给自己的大学生活画上了漂亮的第一笔。

每天忙碌学习之余,王丽最惦记的事情就是给山东哥哥打电话。一眨眼大一第一学期过去了,几乎每个周末晚上王丽和山东哥哥都会聊个通宵。聊文学、医学、地理学,等等,一个小手机,两块电池交替使用,一晚上乐此不疲,两个人有说不完的话。

坠入情网的王丽,没有注意到身边出现的另外一个人。

从为王丽换宿舍开始,傅世川的日程上多了一项工作,这个在新校区上学的学生会主席,每周都会安排自己去老校区检查宿舍情况,顺便到王丽宿舍来干点儿杂活或者送个礼物。每次去他都会买水果;他发现王丽喜欢桂花,有一次专门买了一盆桂花送过来。

王丽的舍友们很快注意到了傅世川的用意,她们帮着吃掉了可口的苹果,也经常帮他敲敲边鼓。但王丽显然心无旁骛,除了刻苦学习,她把全部心思都放在山东哥哥身上。哥哥不但上知天文下知地理,而且天天和王丽聊天,特别坦诚和透明,会把身边的各种趣事,自己的家庭成员、家庭住址等信息与王丽分享。

尽管经常在王丽眼前出现,傅世川却一直没有机会和她深入聊天。有一次,他从王丽宿舍出来不久,壮着胆子发了一条短信,问了王丽一个问题。

"我会是你生命中的过客吗?"傅世川问。

王丽并没有觉察傅世川在追求自己,面对如此勤奋敬业的学生会主席,这么爱帮助人的学长,她回复得很肯定,"不会!"这让傅世川感觉自己有戏了,他常常在看过她之后勉励自己:我只要坚持不懈,一定会得到她的青睐,一定会成功的。

他并不知道,很快他会因为自己的单相思而吃尽苦头。

爱与哀愁,像一杯烈酒

王丽彻底地陷入热恋之中。

周六,王丽约定与山东哥哥聊天,她觉得假肢很碍事,晚上洗漱之后就脱掉假肢,待舍友们都上床休息之后,一蹦一蹦地跳到卫生间,关好门,穿着厚衣服,蹲在那里开始打电话。打了一个小时后,蹲着的一条腿麻了,又站起来接着打。

这个晚上就在这样的聊天中度过了。第二天有计算机课,王丽匆匆穿好假肢洗漱完毕，去教室上课，没有休息好的脑袋昏昏沉沉，但是山东哥哥的声音是她生命中最好的精神动力。可以不睡觉，但是不能错过与山东哥哥的沟通与交流。或许这就是爱情的力量。对一个人完全敞开心扉，对于王丽来说这个人只能是山东哥哥。

剃头挑子一头热的傅世川这个夜晚也没有睡好。晚上八点他打王丽手机，提示正在通话中。他知道了她可能是在和别人打电话。十点打过去还在通话，临睡觉十二点打过去还在通话，他第一次感到无能为力的崩溃。

但是他有执着精神，这个朴实的汉子选择了新的表达方式。

有天晚上，傅世川突然约王丽一起吃饭，没作他想的王丽欣然赴约。到了才发觉这是一场隆重的家宴，一起吃饭的还有傅世川的爸爸和哥哥。

王丽有些不自然，感觉傅哥哥有些太看重自己了，参加私人聚会还想到自己。在饭桌上，大家聊着老家的种种情况，相谈甚欢。老到的父亲自然看穿了儿子那点儿心思，吃饭的时候就跟王丽闲聊起家里的情况，王丽也把自己的家庭情况、受伤情况都一五一十地讲了。

吃完饭回到宿舍，父子三人闷坐着。傅世川试探着跟父亲提了喜欢这个女孩，没想到父亲的态度很明确，就是坚决不同意。还是哥哥在旁边劝说："这么心急干吗，不就是刚见一次面。"

吃了一记闷棍的傅世川听了，还是很难过。

更大的打击其实还在后面，寒假回家的傅世川想来想去，必须直截了当地表达自己的心意，他特意选在情人节前一天给王丽打了电话。

2009年2月13日这天，傅世川给王丽打电话，问能不能去看看她。她说在家里很忙，爸爸是乡下游走厨师，不在家，不方便让傅世川来家里。听着她的柔声细语，傅世川没有感觉到任何不耐烦，就憋不住了，第一次向她热情地表白，告诉她如何思念她，想和她做男女朋友。

他没有等来答复，他以为那是女孩子的害羞。

王丽却因为不想伤害他,一直在想怎么去委婉地拒绝他。2月14日一过,2月15日早上5点多,傅世川就接到了王丽的电话。尽管委婉,王丽表达得却很明白,她说自己有喜欢的人了,就是山东哥哥。这份感情早在医院做手术的时候就开始了,她不喜欢摇摆不定的感情,希望傅世川理解自己。

听到一半的时候,傅世川觉得希望已经破灭了。后来王丽再说一些什么,他已经听不进去了。等她挂掉电话,他就在被子里哭,哭了半个小时,起来写日记。正好妈妈起床了,问他为啥起这么早,蹲在地上干什么,眼睛怎么红了。

这个春节对于傅世川来说,已经提前结束了。

他回想着自己这半年来与王丽的相识过程,每天都想着怎么去帮助她,也一直朝着向她表白的目标努力。可是现在被拒绝了,他不知道自己下一步该怎么办。

这是傅世川的第一次恋爱,还没开始就要结束了,他感觉很难过。

开学那天,傅世川到辅导员那边办完事正要离开,几个老师说:"王丽过来了,你不去帮她拿下东西吗?"作为学生会主席,作为被拒绝者,傅世川内心很复杂,但还是决定去帮她。王丽却没有任何异样的反应,像以前一样温和安静。于是傅世川又不自觉地天天到老校区报到。

有天下晚自习,王丽回宿舍,一开门发现傅世川也在,正和舍友玩得很起劲。看到王丽,傅世川很不自然,王丽也很紧张。多亏舍友们缓和气氛,大家才不那么尴尬。大家各种拍照,最后让傅世川和王丽合个影。王丽非常羞涩,毕恭毕敬站在那里,傅世川在女同学的建议下,把手搭到王丽的肩膀上,他俩有了平生第一张合影。

此时的王丽也在苦苦的单相思中。

大学的第一个暑假,她回老家,当时家人还住在帐篷里。有一天晚上,发生了余震，恐慌中的王丽打通了山东哥哥的电话。那天余震不断，为了提醒王丽，每隔15分钟山东哥哥都会打电话过来确认王丽是否安全。4点钟的时候，又困又累的王丽在爷爷的帐篷里睡着了。

打不通电话的山东哥哥着急了，他以为王丽在余震中遇到了什么可怕的事情。找不到王丽，他就四处找认识王丽的人，给在成都的王志航打电话，给王丽的舍友打电话，给老家的人打电话。但是，进入梦乡的王丽对此却一无所知。

第二天早晨7点钟，睡到自然醒的王丽发现自己手机上有几十个未接电话，差点儿被打爆了。她赶紧给山东哥哥回电话，却听到电话那头传来喜极而泣的声音，这是她第一次听见山东哥哥哭泣！

这一刻，她觉得远在天边的这个哥哥和她心心相印。

有次山东哥哥说他没有电话费了，正好王丽得到了奖学金，加上她省吃俭用省下来的钱，她给山东哥哥打过去300块钱。他们一晚上聊天需要花费二三十元电话费，这样就又能联系十几次，王丽算着账，替对方着想。有次去重庆的磁器口游玩，王丽把自己喜欢的照片贴到一个杯子外部，然后寄给他。

除了电话联系，她已经幻想着有他在场的各种情景。

山东哥哥寄过来两张照片，照片上的他1.78米的个子，很帅气。当时宿舍里有另一个女孩丽姐，个子1.78米，正好与山东哥哥一般高。每次王丽挽着这个高大的丽姐，会对着镜子说："为什么我不能再长高一点儿啊？"

这年的生日愿望，王丽说要和山东哥哥在一起。

可惜再美好的情缘也只能存在于网络世界，大二下半学期开始，两个人的联系渐渐少了起来。2011年3月，王丽偶然登录山东哥哥的QQ，看到他和另外一个女孩的聊天记录，才发现他已经有了另外的女朋友。

三年的爱情，刹那间成为梦幻泡影，王丽觉得心很痛很痛，那天晚上坐着一直哭一直哭。

最后，王丽做了个认真的决定，她在电话里提出了分手。接通电话，山东哥哥还是那么熟悉那么亲切，王丽想了又想，全身颤抖，就是没有办法聚集力量说出"分手"这个词，没有办法把这几年的感情放下。

在宣告结束的那一刻，王丽第一次感觉到比震后还冷。那是失去了支撑，没有了未来的一种空虚。

分手后，王丽把两个人的短信抄写在两个笔记本上，连同他的两张照片，都寄还给他。

在大学毕业前，把所有的一切美好都清零。

受伤的不止王丽一个人，傅世川要比王丽早一年毕业，在被明确拒绝后，备感受伤的他，选择了南下去深圳工作，离开这个让他伤心的城市，不再回来！

失恋 99 天之后

有爱的灵魂终会相遇。

2010 年在广州举行的亚残会期间，北川中学的 17 岁无臂少年王虎当选为广州亚残会的火炬手，志愿者王志航组织了很多北川的孩子去当啦啦队员。在深圳工作的傅世川得知这一消息后，主动请缨去帮忙。

这是时隔一年多后，王丽和傅世川的第一次见面。

两人在"爱心家庭"里参加活动的时候难免有点儿尴尬，但是慢慢却又融洽起来。尽管王丽没有怎么搭理傅世川，但从广州见面之后，他发现，自己还是无法放下这个始终在微笑的姑娘。他开始隔三岔五打个电话，不再强求感情，只是随意聊天问候。

2011 年 3 月的某一天，傅世川打电话时发现王丽情绪很差，感觉出什么事情了。到晚上的时候，王丽的电话竟然打不通了。

这让傅世川急出了一身汗，第二天他就请了假，买了张机票直接飞回了重庆。

那时的王丽刚刚和山东哥哥分手，自己因为实习住在一个出租屋里，又被黑中介骗了一笔钱，越想越委屈，一个人窝在出租屋里，哭了一整天。

从深圳飞回重庆的傅世川，第一时间看到伤心的王丽，想都没想就冒出一句话："没关系，他走了，我来了！"第二天，他又陪着王丽在公园散心，两个人可以放开聊心事了，王丽第一次跟他讲述了自己与山东哥哥的故事。第三天，傅世川飞回了深圳。但从此他开启了两地游的模式，每个月都坐飞机回来看王丽，朋友们笑他把所有的工资都贡献给中国民航了。

傅世川对这份感情一直小心翼翼，他知道王丽是再也受不起伤了。

况且他也不知道家里人的态度到底是什么样的。有一次，回来看王丽的时候，他白天坐大巴回老家看望父母，决定跟父母摊牌。在帮妈妈做饭的时候，妈妈一边做菜一边说："不管女孩子其他条件怎么样，只要你们两个互相喜欢，我当妈的肯定不反对。"傅世川心里暗自高兴，看来妈妈还是开明的。

凌晨1点多的时候，王丽接到了傅世川的电话。

那天傅世川说话颠三倒四的，上来就说爸爸妈妈哥哥都同意了，把王丽弄糊涂了："什么都同意了？"

激动到无法自已的傅世川语无伦次地讲，他这次回家，就是要争取父母支持，同意他和王丽交往的事情。两年前父亲反对他的往事，还历历在目。这天晚上一家人聊了很多，看到儿子这么坚持地喜欢一个女孩，家里人的态度终于软化了。

"儿子，我想清楚了。如果我不同意你和王丽的事，你和别的女孩子结婚了，也有可能某一天出了意外，也有可能残疾，也有可能比这还糟糕。只

从高职到本科,再到 985 重点高校研究生,王丽的梦想照进了现实。

要你们俩真心喜欢,我不会反对你们的。"父亲还说,第一次见王丽的时候,就觉得她是个踏实优秀的孩子。

开明的父亲,没有像很多家长一样,对残疾的孩子有太多的歧视,他用朴实的话语表明了自己的态度。

得到家长支持的傅世川再也没有任何顾虑,也不管时间已经是凌晨 1 点,就想把这个消息告诉王丽。感受到傅世川的激动,听到只见过一面的傅世川父亲的话语,王丽也感动得掉泪。三个月来独自疗伤,工作中的诸多不顺,租房子被骗,现在,听到这一家人对自己的接纳,王丽庆幸自己何等幸运,让这一家人诚心诚意地接纳自己。

"我们做朋友试试吧！"感动之余王丽并没有失去理智。

第二天傅世川就从家里来到王丽工作的地方，两个人有了第一次正式的约会。自小在小城市长大，经历地震的伤痛，经历在大学的拼搏，虽然身处重庆这样的大都市，21岁的王丽也从来没在公园里尽兴地玩过。

她第一次知道，公园是多么适合谈恋爱。

傅世川总是那么心无旁骛地关照自己，台阶怎么上，门票怎么买，每个游戏怎么玩，他都会从女孩子的需求考虑。坐在旋转木马上，王丽开心地笑了，她想：还好自己没有错过。

两个走了很多年弯路的年轻人，终于在这里牵手了。

失恋99天之后，王丽第一次感觉到天还是蓝的，树还是绿的，荷花还是那么独特唯美。王丽最喜欢荷花了，只要有时间她就会去看荷花，闻着荷花淡淡的香气，看着它们一朵一朵孤独地绽放，看着它们每一朵都美得销魂，王丽会情不自禁地拍照，想给每一朵荷花写一首诗。

这时候她的"电话爱情"还在延续，只是从此电话那头换成了熟悉亲切的家乡话。每到周末，傅世川都会坐飞机回来看望王丽，他有很多理由，没有人打水啦，没有人浇花啦，没有人陪着怎么出门啊，等等。

孤独的王丽头一次发现每个周末有人陪着是那样开心和方便。王丽生日到了，傅世川又有理由坐飞机回来了。他是王丽人生中除了爸爸之外，第一个专门跑老远为她过生日的男士。

晚上他要住在王丽这里，王丽以前都是等他睡了自己再睡，害怕脱掉假肢被他看到残端，怕暴露，怕吓到他，怕各种尴尬。但是傅世川提出想看看残端，王丽内心是不愿意的，有心理障碍，也没有勇气同意。

王丽很长时间低着头，不说话。傅世川说喜欢她这么长时间，内心已经做好了充分的准备，也很想看看她的残端。傅世川的语气平和但又透着坚定，一种他期待很久、不会怕的坚定。

两人僵持不下，大有傻坐一整晚的趋势。

从来都是背着傅世川悄悄更换假肢的王丽，一咬牙，把自己的假肢脱了下来。

当假肢脱落那一瞬间，王丽的喉咙哽住了，她感受到自己的卑微和不同，傅世川怔住了。这和平常看到的修长光滑的右腿太不一样了。这条左腿只剩下一小截，像个小冬瓜，也像个白布包，还被两道难看的褐色拉链"锁"了起来。

两个人待了好一会儿，正当王丽想：这下他看到不一样的我了吧，他会嫌弃我吗？傅世川却突然蹲下来，用双手捧起王丽的残端，慢慢低下头，亲了一下，那一刻王丽几乎吓傻了。

但傅世川没有立即抬起头，而是停留了几秒，然后他抽泣了，泪水从他

未来没有终点，王丽希望遇上更好的自己。

眼里涌出。他心痛地问王丽："痛不痛？丽丽受苦了，以后我来照顾丽丽。"

王丽的眼泪瞬间夺眶而出，用有些颤抖的手摸了摸他的头，内心有千言万语却说不出一个字，所有的卑微和防备都没有了，顷刻间全是感激和感动！

人世间，最难遇见的是"懂得"。

2011年7月，大学毕业的王丽，意外得到了对自己有救命之恩的重庆市肿瘤医院的工作邀请，她的人生开启了新的篇章。医院先是让她在GCP办公室做档案员工作，然后又把她调到科室做行政。

但最简单的工作，对王丽来说，有时候也是极其沉重的负担。比如她经常需要跑到对面5楼的办公室打印材料，拖着残肢上楼梯对她来说极具考验，一天两天可以，一个月两个月下来，她的好腿烂了又好，好了又坏。残肢也被损坏了。

为了照顾王丽，2011年，傅世川回到重庆工作。

2015年1月18日，在亲朋好友的见证下，这对经历患难考验的爱人终于结婚了。

在重庆工作4年后，王丽意识到自己工作所面临的局限性，而她也想进一步深造。在2015年5月12日，这个重生的日子，她做了一个重大决定，告别了重庆市肿瘤医院，辞职去考研。

傅世川举双手赞成这个决定，为了支持王丽考研，他俩决定回到成都。有了傅世川的支持，王丽这一年考入电子科技大学，开始了研究生生活。

他们的幸福生活才刚刚开始，王丽说，现在自己最幸福的事就是躺在沙发上，点评点评电视上的帅哥，看着傅世川在身边忙里忙外，听他哼唱最喜欢唱的歌《还有我》：

你为哪个人憔悴 / 为他扛下所有罪 / 我为你执迷不悔 / 整夜无法入睡 / 就算全世界离开你 / 还有一个我来陪 / 怎么舍得让你受尽冷风吹 / 就算全世界

在下雪 / 就算候鸟已南飞 / 还有我在这里痴痴地等你归 / 你装作无所谓 / 其实已痛彻心扉 / 没想象中的坚强 / 坚强地面对是与非 / 想要给你的安慰 / 你淡淡笑着拒绝 / 满身伤痕的爱情 / 不值得你付出一切 / 就算全世界离开你 / 还有一个我来陪

第七章
Chapter 7

等你的短发长过了肩

如若我哭泣着醒来,
那是因为梦见自己是迷路的孩子。

"干妈,我在公务员考试中得了第一名,考的是北川羌族自治县禹里镇人民政府。"

2016年7月8日,王志航收到了郭冬梅发来的一条微信,喜不自禁。她转发了这条微信,配了9张图片,浓缩的正是郭冬梅这些年走过的艰辛历程。

在康复中心挥汗如雨的冬梅,在冬令营里痛哭失声的冬梅,在板房中学里苦苦复读的冬梅,在长城上第一次站起来的冬梅,在天津体育学院校园中穿着军训服的冬梅,在接受面试时西装革履的冬梅……

10年光阴,那个曾经瘦到46斤的女孩坚强地站起来了,不仅走出了大山,在学成之后又回到了故乡。

一个心愿——"我们在一起"

郭冬梅,北川中学学生

我的心愿:想见到小陈哥哥(一位帮助过自己的记者);想去北京看鸟巢和水立方

爱心编号:A031

此心愿已被认领,爱心正在传递中……

心愿认领人:天津杨茜萍女士

心愿认领时间:5.12   9:50

身份证号码:120**********0348

心愿认领人留言:帮她找那位记者并与其见面,暑假资助她游北京鸟巢和水立方

第七章
等你的短发长过了肩

2009年5月12日，汶川地震一周年纪念日。

一项由凤凰网等多家媒体发起的公益活动引发众多关注，媒体从汶川震后灾区那里收集到包括公务员、学生、老师、志愿者、企业家等在内的个人愿望，希望寻求社会力量来一起实现"512个心愿"。

天津体育学院纪委书记杨茜萍偶然看到了这个消息，震后她一直想给震区做点儿事情，于是就上网把512个心愿都认认真真看了一遍。大多数孩子的心愿都很具体，但郭冬梅却是要寻找一个帮助过自己的人，小视频里戴着白绒帽子的郭冬梅非常天真可爱。

杨茜萍第一时间被感动了，她觉得这个孩子有一颗感恩的心，跟别人不一样，就果断地认领了这个心愿，决定帮助这个孩子完成心愿。

顺着这个心愿，她又把北川中学校长刘亚春的心愿也承接了下来。刘亚春的心愿是希望更多的人能够帮助北川的孩子上大学，走出大山来改变命运。杨茜萍想，正好天津体育学院也想去灾区援助，高校的资源可以和学校对接，培养一些人才。

认领完心愿的杨茜萍想着要去北川走一趟，实地了解一下情况。想到之前看到512个心愿里有一位志愿者王志航，讲自己当时怎么当志愿者，也公布了电话。杨茜萍拿起电话就打了过去。

"认识杨茜萍大姐那一天，我正在北川中学看望孩子们，她给我打第一个电话就亲切地叫我妹妹。我们因为一个心愿相识，因为灾区的孩子走到了一起。"王志航回忆说。

但杨茜萍和刘亚春的联系并不顺利，刘亚春最开始都不接电话。后来电话通了，刘亚春也非常冷淡。后来与杨茜萍逐渐熟悉之后，刘亚春才说："那时候来找我的人很多，个个说得天花乱坠，承诺这个许诺那个，但往往都像是来景点游览，逛一圈就走了。真正留下来帮我们的不多。"

郭冬梅那时已经从康复中心回到了北川的板房中学，开始复课。

郭冬梅（左前）地震前唯一一张照片。

为了了解冬梅的真实情况，也真正了解北川中学需要的帮助，杨茜萍组织了天津体育学院的一批学生和老师共 10 个人，在 2009 年的夏天第一次前往北川，开启了他们长达 10 年的"心灵之约"。

在北川中学，杨茜萍的诚意打动了刘亚春，她代表天津体育学院与北川中学签署了长期合作发展教育的协议，其中包括天津体院定期派出优秀师生支持北川中学发展特色体育教育；北川中学为天津体院输送优秀体育生源，天津体院在招生中优先录取北川中学考生（包括残疾学生），并为伤残学生提供学习和生活便利，等等。

在北川中学的板房校区，杨茜萍第一次见到了郭冬梅，两个人亲切地搂在一起，就像失散多年的亲人一样。

为了让冬梅能从阴影中走出来，杨茜萍特地准备了一个幻灯片，给冬梅放了一遍《一个人一生中要去的60个地方》，告诉她外面的世界很大，一定要走出去看看。

但郭冬梅的情况并不乐观，那条受伤的腿折磨得她死去活来。

震后她被送到绵阳市中心医院，后来又转到重钢总医院，由于病情严重，几次被医院下了病危通知书，最后又被送到重庆医科大学附属儿童医院。她的右腿虽然被保留下来，但是感染严重，起了很多坏疽，医生不得不做了很多次清创手术，每次清创都让她感到刮骨疗毒般的痛苦。

伤痛的折磨让郭冬梅觉得像做了一场噩梦，胃也不太适应，一直在痛，直到后来才发现自己很瘦。其他人都已经出院了，只有郭冬梅一直在治疗，她是最后一个回到康复中心安假肢的孩子。

这个坚强的孩子让杨茜萍格外心疼，走出冬梅宿舍时她悄悄地抹去了眼角的泪水。

2009年6月3日，在老北川中学遗址前，杨茜萍领着同行的天津体育学院的师生郑重宣誓：我们庄严承诺，奉献爱心，服务地震灾区，帮助伤残学生，贡献全部力量，用我们的专业知识，用我们的实际行动，帮助伤残学生树立自信，做生活强者，为他们开辟希望的绿洲，让爱心一代代传承，让圆梦行动永不停息。

地震后回去复读的孩子们那时都面临着一个极大的考验，看着健全的同学们跑跑跳跳，他们就会不由得想起地震前的自己。此刻连走路都成了奢侈的梦想，更不用说跑步了。在不停的治疗中，药物的副作用和伤痛的后遗症时时刻刻影响着他们的学习。

倘若没有帮助，他们很难自己走出这团阴影。廖琪的爸爸廖光明老师，那会儿正为女儿的心理问题忧心忡忡。听说天津体育学院师生要来北川以后，辗转找到了杨茜萍的电话。"我一开始都听不太懂他说话，他跟我哭诉半天我才明白，是担心自己的女儿有自杀倾向，希望能有个老师帮助帮助她。"杨茜萍回忆说，"我想正好带了个心理老师，可以帮助一下。"见到朴实的廖琪后，杨茜萍为这个同样在地震中受伤的孩子感到心疼，她极力劝说小廖琪一定要走出去看看，一开始廖琪并不愿意出来活动。但杨茜萍的一番话打动了她，相比两条腿都不能走路的郭冬梅，还可以自由活动的廖琪是一个幸运儿。廖琪最终答应和郭冬梅一起赴这场"心灵之约"。

接下来的时间里，杨茜萍开始精心设计这段"京津之旅"：确定行程、组建团队、选择景点、联系车辆、安排食宿……甚至侧面了解这两个学生的性格，装饰她们的卧室，绞尽脑汁、事无巨细。日程表上的计划安排得满满当当，杨茜萍为活动主题取了个温暖的名字："我们在一起"。

有爱的灵魂终会相遇

寻访小程哥哥的过程并不复杂，这个哥哥正是志愿者王志航带到郭冬梅面前的。

2008年11月20日，星期四。王志航刚完成一个孩子的对接工作，在回家的路上她接到了一个电话，声音是陌生的，"干妈，我是您的又一个干女儿，我叫冬梅。"

因为重感冒，王志航已经有3天没有去康复中心看望孩子们了。冬梅显然是从同病房的张凤那里听到了关于干妈的事情。这个声音瞬间就打动了王志航。

第七章
等你的短发长过了肩

听到郭冬梅是最后一个从重庆医院转过来安装假肢的北川中学学生，王志航在当天的博客里写道：就让她是最后一个我见到的截肢少女吧，再不要让我的心剧烈地疼痛了。祈求老天爷真的就让她是最后一个吧，我再也不要看到还有孩子受伤，还要承受一生的伤残生活。

第二天，王志航就带着中国网《望川十日》记者程亚铭前往四川省康复中心。

汶川特大地震发生后，程亚铭第一时间前往灾区报道，在灾区七天七夜的紧张工作中，他目睹了人间生死巨变的种种情景，一种职业的使命感驱使他不停地写稿、发稿，想把这里发生的一切都告诉世人。在极度紧张的工作中，他甚至像地震幸存者一样忘记了自己很多的需求，在撤离灾区的那一天他才发现自己居然一周都没有小便过。

在那些不眠的日子里，程亚铭结识了很多志愿者，有的甚至成了终生的朋友，王志航就是其中一位。

在震后的第一个冬天里，程亚铭供职的中国网策划了一个大型栏目《望川十日》，他们的老总希望去关注正在过冬的灾区人民的生活现状。作为第一批进入汶川的记者，程亚铭再度领命出发。从汶川到北川，每一片伤痕累累的土地上，都有着讲不完的故事。在听到王志航讲述伤残孩子们的故事后，程亚铭决定把采访的最后一站放在成都，放在康复中心。程亚铭觉得，无论是截肢的孩子从这里站起来，还是四川灾区的重建，这里能是一个新的起点。

他并不知道，这个起点也意味着他和北川这个地方，以及与北川一个从未相识的孩子，从此深度联结在了一起。

"白白的病床上躺着一个人，她有一张漂亮的脸蛋。她太瘦弱了，1.53米的身高，52斤的体重。头发还没有长起来，短短的。"王志航第一眼看到郭冬梅时，她正在睡午觉。

随后她看到了冬梅左腿上那条长长的伤口，从大腿到小腿。

在医院面临截肢的时候，是郭冬梅的二姨跪在地上，求医生无论如何给她留一条腿。医生也是被感动了，用尽了各种办法来保这条腿。

之所以说冬梅是最后一个从重庆转来的孩子，是因为她的伤情非常严重，病恹恹的冬梅就主动把腹部上的大伤口和腿上的伤口给王志航看，惨不忍睹！她拿出自己之前的照片，王志航看着这张合影就掉了眼泪——四个笑得灿烂的女孩，两个下落不明，一个就在自己面前，却少了一条腿。

尽管已经看过灾区太多苦难的孩子了，但是程亚铭仍然被这个一直微笑的孩子打动了。为了让冬梅下楼去锻炼，需要把她从床上抱到轮椅上。"我用了很大的劲去抱，但是冬梅那时候太轻了，我差点儿把她举到半空中。"程亚铭回忆说。

这一次的震撼，他一辈子都不会忘怀。

在康复中心采访结束，回去的路上，程亚铭一直忘不了这个令他记忆深刻的孩子。他知道王志航正在给这些伤残孩子找对接家庭，因为地震不仅让这些孩子身心受伤，更重挫了这些孩子的家庭，倘若没有资助，有些孩子可能就无法继续学业。

"王姐，我想和郭冬梅结对子，但是我刚毕业没多少工资，只能和我同学一起，暂定每月200元，不一定能管多大用，只希望她能感觉到温暖。"程亚铭在QQ上跟王志航说。

"我同意，并被你们的爱心所感动。我认为经济上是一回事，重要的是给她精神上的帮助。"王志航说。

"微薄之力只能算杯水车薪。和冬梅一样，我也是在农村长大的，看到她我会想到自己高一时的艰难，她需要重生的希望。"程亚铭回忆起自己的高中生涯，感同身受。

"就是这样的杯水车薪，能够给他们带去希望。我星期一去医院看她，当面告诉她这个好消息。"

"我明白你的心意，最重要的是对孩子们的陪伴。"王志航丝毫没有犹豫就答应了程亚铭，后者在康复中心的一举一动她都看在眼里，一个没有爱的人不会体会到这些孩子的心态，只有真正能爱她们的人才会由心底散发爱的光芒来。

从此，这个叫郭冬梅的孩子成了记者程亚铭最为牵挂的人。知道冬梅即将返校复读，他又买了很多学习用品给她。在离开成都之前，他和郭冬梅有一个美好的约定，一定相会在北京。

当寻找心愿的网络行动开始之后，凤凰网的编辑很快就找到了这位同行的电话。程亚铭又感动又惭愧，他一直想要实现冬梅的这个心愿。当他想认领这个心愿的时候，没想到天津的杨茜萍已经认领了。

杨茜萍喜欢凤凰网上的一句话：心愿不算多，但一定会是一个爱心的引子。

"有爱的灵魂终会相遇。"程亚铭后来回忆说。

让所有梦想都开花

杨茜萍认领心愿后告诉郭冬梅，郭冬梅仍然不敢相信："杨书记，我真的能去吗？"

这个来自北川的孩子从未出过远门，她渴望走出大山去了解外面的世界，向往着有一天能去北京。

与郭冬梅不同的是，廖琪去过一次北京，但没有机会四处走走。那是2009年初参加某个媒体的一个慈善活动，专程被接来"现场感恩"，第二天又被送回北川中学，廖琪心里有些难过和遗憾。

"做事是出于自己的内心，为什么让孩子感恩你呢？这叫什么恩！"杨茜萍闻后不禁感慨。

郭冬梅、廖琪、程亚铭、杨茜萍，四个人的心愿和梦想在 2009 年 7 月 5 日之后成为现实。

从长城到故宫，从水立方到鸟巢，从港口到海滨，从航空母舰到空客飞机，从清华北大到圆明园，从天安门到王府井……在这一周里，她们手执长线，放飞着心愿。虽然心愿只是符号，它背后有着曾经的伤痛、现在的困难和未来的希望。

爱心传递快乐

杨茜萍的手机频频响起，她不时地与不同的人联系。在她手里的那张日程表的空白处密密麻麻写满了电话号码。从 7 月 5 日四川武警总队绵阳支队送郭冬梅、廖琪到双流机场起，一场大范围的爱心接力便正式开始。武警和热心乘客帮杨茜萍一起把两个孩子送上飞机，天津武警总队又帮着接机并将她们送到天津体育学院驻地。在之后的几天里，出现了一些不曾想到的困难，更多的则是获得好心人的援助。

在天津空客 A320 总装线车间，郭冬梅、廖琪被允许近距离参观飞机，录像设备也破例可以带进现场，为她们照相留念。在参观天津港时，党办主任为她们讲解。

"北川中学残疾孩子"几个字让许多人的爱心延伸。为了两个孩子能顺利到天安门广场看升国旗，杨茜萍辗转联系了三个人，才找到国旗护卫队的电话，并获得他们的大力支持。7 月 10 日凌晨 4 点 50 分，在天安门广场国旗围栏东侧，郭冬梅、廖琪身着北川中学校服，近距离感受了一场梦寐以求的庄严仪式。

国旗护卫队的士兵们踢着正步，从金水桥集体走向升旗台。

第七章
等你的短发长过了肩

"起来,不愿做奴隶的人们……"当雄浑的国歌响起,当鲜艳的五星红旗迎风飘扬,两个坐在轮椅上的孩子一脸肃然。她们无数次地听过国歌,在校园里也不止一次地看过升国旗。但是在祖国的心脏,在成千上万人共同注目的天安门。她们,第一次感受到庄严神圣。

那些冒着生命危险将她们救出来的战士,那些千方百计将她们从死亡线上抢救回来的医生,那些震前震后对她们循循善诱寄予厚望的老师,那些给

2009年7月10日,杨茜萍(左)带郭冬梅(中)、廖琪(右)在天安门前看升国旗。

2009年7月10日，杨茜萍（右一）兑现了自己的诺言，与郭冬梅（右二）、廖琪（左二）在天安门前合影。

予她们最多呵护关心无私奉献的志愿者，都正是这个国家善的力量的体现！

在天安门前，廖琪和郭冬梅展开了北川中学的校旗。

故宫博物院，这个承载国家数百年历史的博物院，也为北川中学的孩子们敞开了大门。郭冬梅和廖琪对这座宫殿充满了好奇，可是院内很多台阶给她们带来一些不便。"太和殿，这可是皇帝的办公室啊！"杨茜萍的讲解生动有趣，郭冬梅急切地让抱着她的大哥哥赶紧过去，廖琪则小心地离开轮椅站起来，紧随其后。

看海也是她们的心愿，来到天津东疆港沙滩，廖琪迫不及待地向海边走去。郭冬梅有些迟疑，浩瀚的大海，过去远在天边，现在近在咫尺。廖琪用沙子堆成一个个"城堡"，她坐在沙滩上若有所思，目视着自己的成果被潮水一遍遍冲刷。

在大家的鼓励下,郭冬梅被大哥哥抱起来,俯身试探着抚摸海水,海潮退去带走些细沙,在正午的阳光下,露出的贝壳五光十色,她脖子上的伤痕清晰可见。郭冬梅略微吃力地捡起一个贝壳,放入矿泉水瓶中,默默地凝视着。

北京武警总队和天津武警总队分别负责她们在京津两地的交通出行。在北京慕田峪长城,武警总队的两位青年司机,一会儿抱着郭冬梅拾级而上,一会儿抬着廖琪的轮椅攀登高峰。她们十分欣喜,"指挥"着程亚铭拍了几百张相片,廖琪在镜头前设计着造型,不时伸出双臂拥抱长城,郭冬梅嘴里念叨着"不到长城非好汉",第一次努力站起来扶着垛口照相。廖琪中午回宾馆第一件事就是上QQ告诉好友:"我今天登上长城了!"

"笑一笑,好!"程亚铭不停地按动着快门,给郭冬梅留下了一张笑靥如花的照片,她开心地望着远处,穿过重重叠叠的山峦,似能看到远处的北京城。

也许是因为自己站立起来,也许是因为长城太壮丽,也许是被很多人的爱心所感动,地震以来的痛苦折磨,无数人的关怀呵护,一种无以名状的心情涌上心头,在长城的烽火台上,一直情绪高涨的郭冬梅突然间黯然神伤,她突然转头抱着城墙,放声恸哭,惊天动地的哭声!杨茜萍紧紧搂着这个受伤的孩子,跟着她一起泪流满面。

这是震后积累已久的情绪的释放!

长城顷刻寂静,只有一个瘦弱的女孩子旁若无人地对着整个世界倾诉心声。

整整哭了半个小时,郭冬梅的情绪才渐渐平复。为了让郭冬梅重新快乐起来,年近花甲的杨茜萍此刻也像个孩子,招呼同行的天津体育学院师生,摆了个"北川"的造型。

哭完之后的郭冬梅,第一次站立起来,与长城来了张合影。

这是震后郭冬梅第一次站立起来,没有人知道是什么力量让她站起来的，但是这一次哭泣，这一次站立，对于冬梅来说是转折性的，这个一直摆脱不掉阴影的孩子，开始有信心直面自己的人生。

郭冬梅叮嘱程亚铭："把我所有站着的相片都帮我洗出来！"

游完长城后，两位武警司机热得满头大汗，杨茜萍连连向他们道谢。"你看每一件事都有多少人在做，感谢有这么多人帮助我们。"杨茜萍说。

7月11日吃过晚饭，廖琪便喊着："我都不想走了，今天晚上我们别睡觉了。"郭冬梅也希望"晚上我们好好聊聊吧"。这是"京津之行"所有人朝夕相处的最后一个夜晚。

也许是采纳了两个孩子的建议，杨茜萍临时组织大家举行了一次临别的座谈会。座谈会开始了，两个孩子显得有些拘谨。"我没什么说的，就是高兴！"郭冬梅想了半天，还是不好意思。"都在酒里了！"一位体院的大哥哥打趣道，大家忍俊不禁。"虽然我可以走，但大部分时间还是你们推着我。"廖琪说。

一直陪伴她们的天津体育学院师生团队回忆了一周来的快乐，都希望她们有机会能再来。"我希望能跑着过来。"廖琪说。"你有膝盖，当然可以了。"看着自己的左腿，郭冬梅有点儿小情绪。"你们下次来想到哪儿玩啊？"一边的大哥哥试图缓和一下气氛。"欢乐谷！"她们俩都很向往。不过郭冬梅似乎想到了什么，"咱们换个话题吧"。

"要不唱歌吧，北川中学校歌。"天津体育学院常老师的提议得到大家的支持。"挺起你的胸膛，刚毅的目光，我们经历了磨难，我们更坚强。北川北川，书声琅琅。多难兴邦，美丽校园，我们梦开始的地方……"唱完一首优美的歌曲，刚才的一丝尴尬氛围一扫而光。

这种尴尬气氛，是这个团队一直竭力避免的。杨茜萍在活动之前给团队开过好几次会议，要求大家谨言慎行，生怕伤到这两个孩子敏感的内心，"关系到孩子的成长，不能让她们再受伤了"。

第七章
等你的短发长过了肩

之后的座谈会渐入佳境，大家都说了很多心里话。廖琪当面感谢杨茜萍书记和这些大哥哥大姐姐，郭冬梅则欢迎大家到北川做客，还唱起了羌族的《咂酒歌》："清凉凉的咂酒诶，伊拉勒索勒哦咿呀勒索勒呀……"

"看的心愿完成了，站的心愿还没有实现。"比较郭冬梅和廖琪，杨茜萍更担心前者。廖琪的父母都是北川中学的教师，而郭冬梅的父母都是农民，家里比较困难。"更重要的是郭冬梅都快18岁了，再不治疗，以后怕是没机会了。"杨茜萍相信如果郭冬梅能站起来，看到的世界会更美丽，这是她去看望郭冬梅时要给她看"人一生要去的60个地方"的原因。

杨茜萍还有一份手术表，比这次的日程表还要复杂。

在郭冬梅来之前，杨茜萍和天津武警总医院院长、主任医师已经进行过沟通，院方同意为郭冬梅做手术，帮助她站起来，并减免部分费用。其余部分资金的筹集也有了渠道，杨茜萍希望郭冬梅能在天津做手术，"我不能劝服她，这是她的权益，但确实是我们的心愿！"

其实"京津之旅"并不是杨茜萍在凤凰网认领的唯一心愿。成都志愿者王志航提出为灾区残疾孩子建立科学心理测评系统，北川中学校长刘亚春希望特殊孩子能有更好的发展，这两个心愿被杨茜萍负责的"天津体育学院心理服务工作组"认领。

与郭冬梅的心愿相比，实现这两个心愿的过程显得艰难而漫长。

天津体育学院和北川中学签订的合作意向书已经生效，确定以"指导伤残孩子人生规划，帮助他们一生幸福"为切入点，进行心理支持和服务。天津体育学院已经有四批团队先后奔赴北川中学，讲座、辅导、家访、训练等工作也陆续展开。可以肯定的是，这两个心愿也将惠及郭冬梅和廖琪。

"不仅要面对人生，而且要走好人生，这是我们对所有残疾孩子的心愿。"杨茜萍说。

京津之行，杨茜萍还特意联系了"独臂英雄"丁晓兵与这两个孩子见面，事后证明这是一次关键的沟通。"当时想的是，能活下来就好了。出了院以后，觉得腿没了，别人大多是健全的，心里很难受。"郭冬梅、廖琪与丁晓兵说出了没法和一般人交流的话，而面对这些直达内心的肺腑之言，丁晓兵也感同身受，他向她们讲述自己19岁如何失去右臂，二十多年怎么走到今天，"谁都代替不了你，自己的这一生只有靠自己"。

一旦内心变得强大起来，许多困难便迎刃而解。郭冬梅起初恐惧疼痛，害怕父母担心，最终还是同意这个暑假在天津做手术。"回去和父母商量一下，得征求他们的意见。"

这次"京津之旅"让郭冬梅刻骨铭心，她比从前更渴望站起来，但有一个条件："我必须在8月31日开学前回去，即使打着石膏，我再也不能留级了！"

送走了冬梅，程亚铭仍旧挂念不已，目睹了冬梅在长城上的恸哭，他对这个孩子未来的路担心不已，他写下一篇记者手记，或者更像是写给郭冬梅的一封信。

致冬梅：

等你的短发长过了肩

若干年后，我一定还会记得你们这次旅行，不只因为重逢之不易，更为了那些由衷的快乐。杨茜萍书记给你们发短信说，我们在一起真的很开心，是的，这些快乐短暂却真实，珍贵又耐人寻味。就像半年前在你病房里我为你弹琴时的那张照片，照片上的我在狂笑，这样的快乐很多年来都不曾有过。和你们在一起，所有人的笑容都天真烂漫。

上次见面，你的头发只有寸长，而这次你满头乌发，风起时轻拂脸庞；

第七章
等你的短发长过了肩

上次见面时你卧在病床，而这次在轮椅上，你在长城、故宫时努力站立留影的模样，让我对下次见面充满期望。上次见面你只有40斤重，而这次饭量明显见长，虽然抱着你和抱一桶桶装水没有两样。你曾问我何时才能站起来，我想等你的短发长过了肩。你不会留意自己的头发何时在生长，这正是生命悄然滋长的力量。

我知道手术是你的梦魇，多少次痛不欲生，但你不能泯灭自己对站立的渴望。除了丁晓兵叔叔，我们此行人没有资格说"你要坚强……"这些话在你的伤痛面前实在残忍，但我分明能看到你对行走的向往，要知道治好右腿才能支撑你整个重量。你的内心需要积蓄力量，虽然也经历了很多次伤，这也许是你右腿最后一次手术，一年多来从没有像今天这样如此接近梦想。你一定能站起来，会走得坚实有力，你的这个心愿实现了，朝前走，你还可以许下一个愿望。

很高兴看到你的心里在慢慢平复，能平静地看待地震之初那噩梦般的时光。冬梅，生命就是这样心血来潮，让我们每个人都猝不及防。你不幸地被讲台砸中，失去了左腿；你幸运地被讲台砸中，保全了性命。你的同学就贴着你的身体离去，而先于你逃离教室的同学，有太多人在楼道里与这个世界诀别。我尊敬的一位媒体人地震后在评论中写道：因为他们被选中，所以我们还活着。我们为自己活着的同时，也在替他们活着。

冬梅，每个人都有各自的活法。你见到的丁晓兵叔叔，以及桑兰姐姐、张海迪阿姨，他们的不幸很相似，而他们的幸运却不尽相同、不可复制。每个人都是与众不同的，但都需要努力使自己变得强大，当载着机遇的列车来临时，你能有力量挤上车门。机遇偏爱有准备的头脑，但也不一定会按照你设定的轨迹前行，有时人生就像一场漫无目的的旅行，每个人走在各自的方向上。

你一定会想，大家素昧平生，为什么杨茜萍书记和哥哥姐姐们会对你这么好？我想这就是爱吧，来自人性的光芒。在我的博客里有一行说明文字：

总有一种力量，是我快乐时的眼泪，悲伤时的希望。有朋友问我力量是信仰吗，我说是爱，其实爱又何尝不是信仰。冬梅，爱就在你身上，你坐轮椅的时候，爱是你的车轮，帮你代步；你站立的时候，爱是你的拐杖，助你前行。你如果真的感受到爱，那大家一定很温暖，因为你触碰到我们心里最柔软的地方。

冬梅，期中考试考了第三名你不太满意，不要有太多负担。这次手术可能会耽误一段学习时间，但要紧的是病情。人生之路很漫长，但要紧处只在年轻时的那几步，你需要尽快站起来向前走，朝着心仪大学的方向。冬梅，记住杨茜萍书记，以及她的手机彩铃:《北京欢迎你》，有很多人会和杨书记一起，帮你实现下一个心愿，等你的短发长过了肩。

"如果她站起来，这将是爱的延续！"

长城上的站立，给了郭冬梅很大的希望，她第一次觉得自己还可以再站起来！

十多次的手术已经让她对自己重新站起来不抱希望，她觉得自己有可能会在轮椅上坐一辈子了。一想到这个，就会让这个女孩心底发凉。

教室的讲台砸下来那一刻，郭冬梅的腿已经严重变形。

二姨跪着求医生保留下来的那条腿成了郭冬梅最大的噩梦，在冬令营里，王志航必须每天用超过 60 ℃ 高温的水来泡她的这条伤腿。在常人难以忍受的高温里，她的腿才会慢慢恢复温度，恢复知觉。

在难以忍受疼痛的时候，郭冬梅会喊:"干妈，我不想活了，把我这条腿也锯了吧……"

王志航紧紧地搂着郭冬梅，安慰她，给她讲自己遇到的经历，"我能理解你，明白你的感受，但我坚持了下来，还能帮助你，你也不会做不到。"

2009年7月7日，杨茜萍（右）拥着郭冬梅（左）在天津东疆港沙滩。

把郭冬梅接到天津，第一次帮她洗澡时，杨茜萍哭了。这个孩子可以说是伤到了体无完肤的地步。杨茜萍心想一定要帮郭冬梅站起来，"如果她站起来，这将是爱的延续，还有更大的心愿在等着她"！

"冬梅的腿呈麻花状扭在一起，必须给她矫正过来，就是将一块骨头一块骨头重新拿钢丝给串起来。"天津武警医院主治医师王景贵拿着郭冬梅的CT片，跟杨茜萍说，因郭冬梅右肢小腿肌肉损伤，脚掌变形，无法用力支撑躯体。这次就是在踝关节处做手术，矫正脚掌，使其能和正常人一样让脚用力，这样才能够站起来行走。2009年7月27日，郭冬梅住进天津武警医学院附属医院，两天后，王景贵主任就为冬梅安排了手术。

之前十多次的手术已经把冬梅吓得死去活来，在手术前她已经紧张到打哆嗦。杨茜萍看出她的害怕，一直陪伴在冬梅的病床前，让来陪伴冬梅的老师和学生一起给她唱歌。

"月亮在白莲花般的云朵里穿行／晚风吹来一阵阵快乐的歌声／我们坐在高高的谷堆旁边／听妈妈讲那过去的事情。"

为了分散郭冬梅的注意力，杨茜萍也亮开嗓子，唱了一首《听妈妈讲那过去的事情》。郭冬梅躺在病床上，神情渐渐放松下来。

一首《阳光总在风雨后》被人起了头以后，冬梅已经能跟着大家一起哼唱了。

病房里的歌一首接一首，《北川之歌》《感恩的心》《种太阳》，欢乐的歌声冲破了手术前的阴霾，郭冬梅在快乐的歌声中露出了笑脸，一旁守候的杨茜萍紧紧地握着她的手。

手术很顺利，被推出手术室的郭冬梅，第一时间就看到了等在门口的杨茜萍。郭冬梅后来在香港又接受了两次矫正治疗。

从一个人到一群人，不光是郭冬梅，更多的北川学生都感受到了爱意。天津体育学院教师路欢在北川中学支教两年，从无到有用心组建北川中学棒球队。从来没有见过棒球的孩子们，第一次听说了这种运动。北川中学有了第一支棒球队，很快他们就展现出了自己的天赋。在四川省的棒球比赛中，代表绵阳市出战的北川中学棒球队力压群雄，获得亚军。

由天津体育学院艺术系、武术系教师编创的《羌舞健身操》已在绵阳市中小学普及；由天津体育学院教授李树怡领衔、12位教师参加编写的《羌族体育校本教材》和路欢主编的《校园棒球》，已成为北川中学体育课特色教材。

不仅如此，天津体育学院先后派出十多批志愿者，为北川中学建立了田径、篮球、健美操、武术四个体育特长班。2010年高考，在天津体育学院志愿者的精心指导下，北川中学体育特长生取得了理想的成绩，有6名学生顺利考入大学，其中4名考入了天津体育学院。2011年，有10名北川学子在体院开启崭新的大学生活。

2011年9月，天津体育学院健康与运动科学系迎来了一位特殊的新生，三年前感受到体育学院人无微不至关爱的郭冬梅，在高考后选择去天津体育学院上大学。考虑到郭冬梅行动不便，天津体育学院把国家体育总局设在学校的一间残疾运动员宿舍腾出来，并安排一名同学和郭冬梅同吃同住。郭冬梅所在的2011级运动人体科学专业班级的同学们看到郭冬梅的情况，自发组织起来，每天推轮椅接送她上下学、去食堂进餐，并轮流帮她打扫宿舍卫生，陪她聊天。

"生活方面学校给予了很多照顾，但是其他方面则是严格要求。"杨茜萍说，新生军训刚开始的时候，郭冬梅还是坐着轮椅。"她觉得自己坐着轮椅不好看，我就发火了，让她必须参加，军训服照发，同学训练的时候在那儿看着。最后举行阅兵式的时候，就让一个同学推着她站第一排，前面就是护旗手。全校的学生站起来鼓掌！"杨茜萍说，人真要站起来，是要从精神上站起来！

那一刻，全校同学的鼓励，让郭冬梅有了信心。

"一开始郭冬梅什么活动也不爱参加，常常一个人待着，我和她住在一起后，无论班上有什么活动都会推着她一起参加。我们还选她当班干部，让她和我们一起组织班里的趣味竞赛、春游活动。一段时间后，她的性格也渐渐开朗起来。"冬梅的舍友成雅鑫见证了她的改变，在老师和同学们的精心照顾下，装上假肢的郭冬梅逐渐可以拄拐行走，对她来说，这不仅是身体上的康复，更是一种心灵上的治愈。

一开始，郭冬梅还有点儿不好意思，害怕大家笑话，后来才发现，同学们其实很佩服这个坚强的女孩，老师和同学们根本没把她当外人，她走路姿势有时候不对，大家就会当面给她指出纠正。扔掉轮椅站立起来的郭冬梅，成为天津体育学院一道亮丽的风景。

2014年5月，程亚铭两口子专程跑到天津看冬梅，她的长发已经长过了肩。

"你那轮椅不要了，就留在学校吧，放在博物馆里当纪念。"杨茜萍后来开玩笑说。

毕业论文答辩后，郭冬梅还需要再去香港做一次矫正手术，但是她已经不再害怕。当毕业时刻到来的时候，她已经能站着和她心爱的学校，还有她永远难以忘记的残酷青春告别，开启新的征程。她选择回到家乡就业，考公务员，在当地实实在在做一些事来回报那些给予她爱与力量的人！

2016年5月12日，汶川地震8周年，正逢母亲节。

"您养我小，我养您老，世上最美好的事莫过于，我已经长大，您还未老，我有能力报答，您仍然健康；对不起，从未让你们骄傲，你们却待我如宝！明天就是母亲节了，祝妈妈母亲节快乐！"冬梅在微信上发出了这样的文字，配了她的妈妈、杨茜萍和王志航的照片。

第八章
Chapter 8

我是半个 Iron Man（钢铁侠）

这就是我的命运，
我的渴望在它上面航行。

李安强被叫安安有十年了，原本他的小名是强强，和他的一双腿一起留在了从前的世界。

现在身边的人大多只知道"Anquiang"，李安强走在美国新泽西州立罗格斯大学校园里，老师和同学们都这样称呼他，他们知道李安强来自遥远的中国四川，一个与地震有关的地方。

安安来美国后第一次登台演出，当他弹着吉他唱完赵雷的《成都》后，学校礼堂里掌声四起，他顿时觉得有些错愕恍惚，26年的人生路接连反转，让他觉得眼前这一切不太真实。

汶川特大地震无疑是梦想之路的分水岭。他曾向往部队，渴望自己能穿上军装成为一名军人，如今已不切实际；他喜欢运动，酷爱篮球，但自己驰骋赛场的身影已远去。

安安没有想到，他的生命会被军人拯救，他的双腿会被地震带走，他的成长会受到偶像科比的关注与鼓励，他会走进许多陌生人的世界，从此亲如一家难舍难分。身体健全时也没敢想过留学，多年后自己竟然穿着假肢一个人走出国门。

他总会想起关于科比的一段对话。有人问："如果只剩一只手的话，你总该退役了吧？"科比说："即便如此，不还剩一只手可以打球吗？"安安没有见过科比，但他能感受到一种力量，让自己的内心变得愈发强大。

"过去终将成为过去，而未来却有无限可能。或许，你会偶尔愤慨命运的不公，但你也终将会感恩命运。"行将毕业的安安说。

安安之名，更像战士。一切不可想象，终将化为寻常。

"我们的班费还在里边！"

2008年5月11日，星期日，在北川中学（任家坪）操场，即将参加高考的高三学生正在参加年度减压活动，打篮球、做游戏，欢笑声、呐喊声不绝于耳。

高一（7）班的李安强下午从家返校，经过热闹的操场，身为校篮球队主力，他忍不住停下来看了一会儿。2007年，15岁的李安强从北川小坝乡一个偏僻的小山村考上北川县唯一的一所高中，家里人为之非常自豪。李安强也没有让他们失望，学习成绩名列前茅，还先后担任数学科代表和学习委员，有时他觉得自己离高三甚至大学更近了一步。

5月12日，星期一，李安强内心有点小激动。

"因为下午第二节课是体育课，我们的主要内容是学习华尔兹，我的舞

2008年11月6日，李安强（左前）与北川中学同学们在课间交流。

伴是一位美丽大方的女同学……"午觉醒来李安强迅速洗完头，换好一身运动服来到教室。对于情窦初开的李安强而言，这个下午美好而晴朗。

上课铃响了，班主任物理老师走了进来，是一位来自福建的高高瘦瘦的帅小伙，刚从大学毕业来校任教，年龄比李安强长不了几岁。课上到一半，李安强想到一件重要的事，把衣服兜里收齐的1300元班费放进课桌，并用手机压住。因为马上要出去上体育课了，他生怕把这一笔"巨款"弄丢。

"就在我做完这一切时，突然感觉到教室在猛烈地震动，然后班主任大声问怎么回事"，地震对于这个教室里的人而言太陌生了，李安强能感受到大家的恐惧和茫然。"这是地震，快躲到课桌下面去"，李安强也不记得自己为何如此反应，出于本能大喊一声。他自己也迅速躲到了课桌下面，来不及做更多选择，"十几秒之后，整个教学楼塌了，我们就像电梯失重一样掉了下去"。

…………

幽灵主宰了废墟中的世界，生命迅即开始被死亡吞噬，仿佛每一寸光阴都会悄无声息地杀人。李安强不知道地震过去了多久，自己的双腿不能动弹，却幸运地跑赢了时间。

"不要动，我们用担架把你抬出去。"前来救援的武警官兵说。李安强看到阳光的那一刻，认为没有什么大碍，自己应该是可以走路的。李安强被抬出放在路边等待救护车的过程中，他发现双腿不能伸直，用双手使劲撑着身体坐起来时，他发现双腿已经形成了两个大凹槽，凹槽旁边的肉变成了黑色。

"我用拳头敲了敲，用指甲掐了掐，这双腿就好像不是我的一样，一点感觉也没有。"李安强连忙问身边走过的医护人员："我会截肢吗？""不会，你这个输点液应该就好了。"

救护车来了。李安强被人扶着坐在座位上，担架让给了一位伤情更重的

第八章
我是半个 Iron Man（钢铁侠）

阿姨。护士递来一瓶矿泉水，极度口渴的李安强连忙"抢"过来。这是一条临时抢通的生命通道，汽车异常颠簸，李安强喝水时几次被呛到，不知道救护车开往何方。

一个多小时之后，救护车驶入在安县（现安州区）搭建的临时医院。

李安强在这里面临被筛选，轻伤员留在这里医治，重伤员则转院离开。"你必须转到绵阳去，在这里等车，待会儿会有车来接你们。"这是医生的结论。不一会儿一辆军用卡车驶了进来，因为救护车不够用，李安强在慌乱中被抬上车。天上飘着雨，为上体育课只穿了一件薄运动体恤的李安强冷得浑身发抖，身边一位年轻人见状把一件黑色外套披在了他身上。

等待的时间总是很漫长。卡车终于开进绵阳市四〇四医院。这里积聚了众多伤员，由于余震频仍，为了保证安全，李安强被临时安排在医院楼下广场。此刻李安强有些尿急，想借一个拐杖或者轮椅去上厕所。"你没办法走，你等一下。"一位阿姨找来一个医用小便壶递给他说，"不要害羞，就在这里解决吧。"这是李安强地震后第一次排便，他吃惊地发现尿液是黑色的。

两位医生来到疼痛难忍的李安强的担架旁边，按了几下他的腿，问："有感觉吗？""没有。""先给他输液，然后观察。"

继续等待，直至夜幕降临，李安强被安排在广场旁临时搭建的帐篷里做减压手术，减压手术是保住双腿的关键。手术之后，两位从华西医院赶来支援的医生，每隔一会儿就来掐掐他的双腿，他的腿依然没有任何知觉。

一夜无眠，李安强瞪着双眼望着天空，内心痛苦交织，夜空中的星光点点，宛若人生幻灭。

"你必须接受双腿截肢手术，如果你想活命的话。"医生有些严肃，而此时李安强的意识已经开始模糊，他甚至以为安上假肢一样可以跑。打量了一番周遭的陌生人，李安强在手术单上签了字，被推进了手术室。

…………

而此时李安强家里的房屋已经倒塌，全家人正在疯狂地寻找他。

三天三夜，李安强的父亲翻越八座大山来到任家坪时，北川中学已一片废墟，后来打听到儿子的消息后又赶赴绵阳四〇四医院，还是没有李安强的身影。他并不知道，随着伤员人数增多，李安强已经在5月18日晚被转移至重庆人民解放军三二四医院。

"姐，你帮我把腿下面的被子垫一点起来，这样我爸看到我的第一眼就不会觉得我的腿只有这么短了。"李安强对医院的志愿者说。李安强不知道的是，其实在来见他之前，他父亲已经得知情况，做好了心理准备，反而是李安强还没有真正亲眼看到自己的伤势。

"儿子，爸爸来看你了，你妈妈、妹妹、奶奶都很好。"一夜坐车狂奔赶到重庆，李安强的父亲皮肤黝黑、面容憔悴。"我爸爸终于来了，看到他的第一眼我没有哭。我做了手术之后一直睡不着，每天晚上睡十几分钟就醒了，因此我爸和志愿者姐姐轮流值夜。"

在这些不眠的夜晚，父亲和李安强第一次敞开心扉开启了两个男人之间的对话。父亲给李安强讲了许多从前的故事，童年的趣事、少年的错事、青年的情事……在一家人的苦难面前，没有什么比父子互诉衷肠更有力量。

熬过身体最疼痛的时光，慢慢地李安强终于可以坐起来了，但当起身看到身体残端那一瞬间，他崩溃了，"双腿膝盖以上7厘米被截，我第一次哭了，而且哭了很久……"

"你自己的腿你还害怕？"

"别叫什么强强了，那么坚硬，叫安安吧，好听又洋气，要一辈子平平安安的……"7月14日，李安强在被转移到的四川省民政康复医院四〇七病房里，见到了一位奇怪的志愿者——王志航。

"话一出口,我觉得自己很荒唐很苍白,人家已经失去了双腿,还平安个啥?"52岁的王志航心直口快,话一出口有些后悔。

王志航是成都市一名下岗女工,当过兵,做过护士,汶川特大地震后第一时间奔赴四川各大医院、学校当志愿者,帮扶学生、照顾伤员、分发物资、提供心理抚慰,许多震区伤残学生都接受过王志航的帮扶,他们都称王志航为"干妈"。王志航习惯给这些伤残孩子起一个简单的名字,方便自己记忆。

李安强不知道眼前这位女子何许人也,没有说话,脸上也没有笑容,茫然地看着王志航,迟疑地点了点头。

四川省民政康复医院,也叫四川省康复辅具技术服务中心,汶川特大地震后这里接收到建院以来人数最多的伤残人员。从 2008 年 7 月起,王志航把志愿服务重心就放在这里,从一开始悉心照料几位伤残学生,到后来几乎每天都泡在这里,先后帮助几十个孩子做康复训练。时间一长她和医院上上下下混得很熟,和这些伤残孩子及家属打成一片。

"我儿子,只剩半个人了,我们除了身上穿的什么都没了。"李安强妈妈无力地向王志航倾诉。地震过去了两个多月,这一家人家园被毁,生活难以为继,安安惊魂未定,满脸愁容,眉头紧锁成一个"川"字,让王志航有些焦虑。

李安强震前是个篮球健将,现在身长不足一米,他低迷痛苦的状态不是孤例。做游戏、拍照片、讲笑话、吃零食,为孩子们能早一点走出来,王志航想了很多办法。

"我亲眼看见孩子们一个个被家长抱着在秤盘上称体重的场景,心都碎了。"王志航和医生商量后找到了个方法,先让穿上假肢的孩子称"毛重",然后再减去各自假肢的重量,就可以知晓他们的真实体重。"多少为孩子们保持了一点尊严,也不那么受罪了。"王志航说。

这个夏天，王志航还组织安安等伤残孩子们举行文艺活动、参观市容市貌。"我和志愿者们推着十几张轮椅排成一字纵队，穿越春熙路、天府广场，那是一个震撼壮观的队伍。"王志航还带孩子们去四川大学体育馆游泳。

安安原本会游泳，但震后失去双腿的他一下水，就往下沉，从此安安再也没有尝试过游泳。

更多的时候，他还是在医院做枯燥而艰苦的康复训练。"安安是个聪明而非常懂事的孩子，他知道失去双腿后，上肢与腰腹部锻炼的重要性，在训练中他非常刻苦。七八月的成都天气很热，训练场地的孩子很多，开了空调也无济于事，他从不叫苦叫累。"首席技师专家张家鑫也经常表扬安安，并以他刻苦训练的精神为榜样鼓舞其他孩子。

"干妈，地震前我104斤，现在我才64斤。"

"哈哈，安安，你的腿那么重啊！"

"没有，我还流了很多血啊，再加上瘦了很多。"

日夜朝夕相处，陪伴康复训练，热情细心照顾……不知道从什么时候起，李安强也似乎顺理成章地称呼王志航为"干妈"。张家鑫技师也备受感动，亲自教会王志航许多致残康复、心理干预方面的知识和方法，开玩笑称"王干妈快成半个康复专家了"。

安安逐渐和王志航无话不谈，有时候安安会希望她晚上留下来继续"摆龙门阵"（聊天）。"安安妈妈好开心地赶过来对我说，安安太喜欢你这个干妈，他跟我都一天到晚不说话。"王志航受到安安全家人的信任与尊敬，有时候他们会把两张病床拼一起，安安和妈妈、妹妹，以及王志航挤在一起，彻夜长谈。

安安会念叨地震废墟里他的手机和1 000多元钱的班费，给王志航看背上一个被桌子角顶伤的大伤疤，讲述自己在废墟下几次尝试取出自己的腿，但由于身体压到其他同学，自己一动别人便会痛得大叫，自己不忍心，最后还是放弃……

安安不知道的是，王志航还在医院之外为他的未来四处求援。2018年8月4日，王志航走进安安病房心情有些激动，她对接的上海志愿者张琦女士被安安的坚强所打动，决定加入一对一爱心计划，对今后安安求学进行资助。生来害羞的安安张开双臂，从病床上坐起来给他的干妈一个大大的拥抱。

经历了一整个夏天的康复训练，安安终于要第一次穿戴假肢。王志航望着倚靠在床边的一双新假肢，套上了一整条裤子，还有一双鞋。"假肢在我右手边，腰部以上什么都没有。腰以上的那个人在我左手边床上看电视，第一反应会有种割裂感。"过了一会儿，安安说："干妈，帮忙把假肢拿远一点吧，我有点不适应。"王志航一边拿开假肢一边开玩笑："嘿嘿，你自己的腿你还害怕？"

"安安有了自己的一双新腿，可以重新站起来，这是最有意义的。"安安迈出第一步是无比艰难的，刚开始每走一步都会满身大汗，但每天都有进步，王志航看在眼里，她知道安安太想返回学校读书了。

"我把超市所有的水都给你买一瓶"

2008年9月8日，李安强出院回校。

目的地已经不是熟悉的北川，而是他做截肢手术的绵阳市，北川中学临时板房校区，坐落在绵阳市长虹培训中心。

"当天，我的几个同学来校门口接我，还送了一束鲜花。但是当我的轮椅推到板房教室门口时，当我们班剩下的同学来教室门口迎接我时，当我知道我们一半的同学都去世了的时候，我终于还是忍不住又哭了。"这是李安强震后第二次哭，但这次哭得最为心痛。

同在废墟之下被抢救出来的同班女同学梁欢,也悲痛至极。

她惊异地发现李安强降了级,重读高一,而且失去了双腿,坐在轮椅上。这让梁欢心里有极大的感恩和愧疚,最令她不安的是,李安强在废墟下营救自己的英雄壮举,外界一无所知,李安强自己也从来没有对别人讲。

梁欢最终选择给"干妈"王志航写了一封信,信中描述了当时的情景。5·12汶川特大地震发生的瞬间,李安强和班上许多同学从四楼教室跌进废墟。蜷曲在被预制板压变形的课桌底下的李安强,右脸贴地,双腿跪在课桌下踏脚的钢管上。他几度想取出自己的腿,让自己趴得舒服些,但只要一伸腿就会拱动上方的桌椅,周围的同学直叫痛,李安强只好放弃了。同学们不断哭喊着,空气中弥漫着恐惧和绝望的气息。

平日里爱打篮球、爱跳街舞,颇有男子汉气概的李安强在黑暗中分辨出周围熟悉的嗓音,不断呼唤着同学的名字,并鼓励他们"不要哭,一定要坚

李安强回到北川中学后留了一级,母亲在学校附近租房照顾他,月租金140元。

持等待外边的救援"。时间缓慢地流逝，同学的哭叫声由强变弱，李安强组织同学唱歌，鼓励大家挺住。

五六个小时后，紧挨着李安强的梁欢感到自己卡在桌椅下面的一条小腿由麻变得无知觉。"腿残了我还怎么跳远？"身为学校体育尖子生的梁欢躁动起来。李安强忙喊"梁欢别哭，你试试能不能把腿取出去，我帮你"。李安强用仅能向后方活动的左手努力推动压在梁欢腿上的桌椅，微弱进展以小时计算。感到有点空间，李安强就帮梁欢往外取腿，可李安强一使劲，自己却痛得尖叫起来。梁欢不忍心李安强为她受罪，哭喊着："我不取腿了，你会痛的。"李安强却吼道："不取，你的腿会废的。"梁欢的鞋卡在狭窄空间，李安强设法帮她解鞋带，本不习惯左手做事的李安强把鞋带解成了死结。不知过了多久，他解开了梁欢的鞋带，并忍着剧痛将梁欢的腿一点点往外推，梁欢的腿最终得救了。

"我好渴，我好想喝水。"同在废墟下的同班同学李春梅，近乎哀求地向李安强求助。"等我出去，把超市所有牌子的水都给你买一瓶。"不假思索的一句话，成为李安强内心永远的痛，因为自己没能兑现承诺——李春梅永远地离开了这个世界。"直到今天我依然记得李春梅让解放军先救李安强，可能她知道我的腿伤得很重了。谢谢善良的你，对不起。"

后来，当武警官兵来营救李安强时，他大喊着同样的话："先救下边的女同学。"李安强知道，梁欢的头部在流血。

王志航看到梁欢的信，将信将疑。关于废墟下救人的事情，和自己无话不谈的干儿子安安，怎么从没有和她提起？于是，王志航反复多次询问，李安强承认有此事，但不愿多说一句。

心疼自己的干儿子，又担心他的学业和前途。王志航觉得，16岁的李安强在废墟下为救同学失去了自己的双腿，却沉默低调不求名利，命运被彻底改变，是默默无名的抗震救灾小英雄，她希望能为安安正名。王志航将梁欢的这封信公开到网上，希望大家为安安呼吁，却一度招致安安的反感。"我们母子俩第一次产生了分歧，我真的很伤心。"王志航说。

但李安强越是不愿意承认和提起废墟下救人，梁欢心里便愈发愧疚。2009年汶川特大地震一周年前夕，四川卫视启动《5·12中国爱——中国娇子爱心行动》，已经读高中二年级的梁欢打来电话，希望能为在地震中救过自己的同学李安强正名。

李安强的故事，让担任明星志愿者的史可十分感动，她肩负起了解开李安强内心不愿承认自己救人的秘密。史可专程赶到北川中学看望李安强，和他打乒乓球，虽然坐在轮椅上，李安强的一招一式依然显出扎实的基本功，几个回合就让史可招架不住。在史可的鼓励下，李安强又来到当初他最喜爱的篮球场上，前几次投篮都没有命中，但李安强还是没有气馁，终于成功地把球投进了篮筐。

自始至终，李安强都表现得乐观、积极，丝毫没有因为双腿截肢带来的不便而表现出忧郁，这让史可深深感受到这位北川男孩的坚强。在相处的几天时间里，史可与王志航晓之以理、动之以情，推心置腹地真诚沟通，终于说服李安强敞开心扉。

"在我们羌家，父母都希望长大的男孩子成为家里的顶梁柱。这种事发生了，我怕父母抱怨我埋在废墟下都不首先想到救自己……最怕父母责怪我辜负了他们多年为我付出的辛劳。"

其实，李安强的父母深明大义："你的选择是正确的，你做得很对！你要好好学习，找到工作，我们才能过上好日子。"一个北川农民家庭朴素的声音却彰显出人格的崇高。如今，梁欢的父母把李安强认作他们的儿子，李安强的父母也把梁欢认作自己的女儿。被救的体育尖子生梁欢后来得以考上天津体育学院，更是感谢安安，并坚信他是个最有出息的男子汉。

"这个迟到的废墟下的故事，让我对干儿子李安强有了新的认识，我更爱他，更心疼他，甚至敬佩他。"王志航说，安安可以告诉我在废墟下的全部经历，唯一刻意隐去救人的过程，"我觉得灾难又一次救赎了我的灵魂，而这正是人性的光辉，不应该被抹去。"

"50 年来走路最好的一个人"

回到北川中学后的时光，李安强与轮椅为伴，繁忙的学习之余，他学会了吉他，常常为自己歌唱。但很显然他更热爱篮球，"即使世界抛弃了我，还有篮球陪伴我"。他的偶像 NBA 球星科比的名言，让他内心拥有强大的力量。李安强深信，坚持者能够在命运风暴中独当一面。

2009 年初，安安通过网络给自己的偶像科比写了一封信，并附上了自己在轮椅上打篮球的照片和视频。信中安安对"科比叔叔"倾诉了自己对篮球的热爱，以及自己不放弃梦想，"好好学习，成为一个男子汉，一个对社会有用的人"的心声。

科比叔叔：

您好！我是四川省北川中学高一的学生，今年 17 岁，我的名字叫李安强。地震后大家更喜欢叫我安安，因为他们希望我一生平平安安。

科比叔叔，您知道四川大地震吗？我是这场灾难中的幸存者，虽然我活下来了，但是我永远失去了双腿，这是我截肢后的照片。

科比叔叔，您知道吗？地震以前我非常喜欢篮球，非常崇拜您。因为对您的崇拜，直到现在我还是非常喜欢篮球，虽然我不能站起来打篮球，虽然我已经不能跑步了，我只能坐在轮椅上投篮……但是我没有放弃，我还是喜欢篮球，我太崇拜您了，科比叔叔。

这是我受伤后在室内打篮球的照片，送给您看看。我的心愿是想见到您，想有一个您签名的篮球。我会把这个珍贵的篮球放在我的房间里，天天看着，有您的篮球和我在一起，我就有力量，我就什么都不怕了。

我现在已经回到学校学习了，我要用两年的时间拼搏，考上好大学，成为一名真正的男子汉，成为对社会有用的人。

科比叔叔，我爱您。

安安
2009年2月27号于北川中学

安安没有想到的是，曾为汶川特大地震捐款500万美元的偶像科比，就在当年3月，不仅通过官网给安安送去了签名篮球和海报，还给他回了信，在信中多次表示深受感动。

安安：

你的故事让我感动，得知你通过我的官网想和我取得联系，我感到非常荣幸。你是个非常坚强的小伙子。你对待命运的顽强态度让我们难以置信。在那一切发生后，你依然执着于自己的篮球梦想，这让我非常开心。我看到了你坐在轮椅上投篮的照片，你投篮的姿势看上去非常帅。我从来没有坐在轮椅上投篮，不过我愿意试一试！

我非常明白地震的破坏力。我的心和所有受灾的人们在一起。我得知你们伟大祖国的同胞——他们和你一样！——已经靠顽强的意志战胜了灾害。我希望所有其他受灾的人们都能像你一样顽强，不放弃希望——这是最最重要的。

你说你正在努力学习英语，为了未来和我见面。这让我很感动。也许我能给你一些学习英语的建议。我会说几门外语。我想掌握外语的关键——和打篮球的道理一样——你需要不断练习。我觉得学习外语的感觉就相当于拥抱另一种文化。这让我非常享受。

今年夏天我准备去中国,不过目前还没有最后确定。我希望能见到每一个球迷。我很高兴网站已经将我的签名篮球转交给了你,希望你喜欢它。

另外,我看到了你的信和视频,我喜欢它们!

祝你平安。

科比·布莱恩特

从此,安安多了一个称号——"科比男孩"。

榜样的力量是无穷的,李安强认真苦读,学习成绩一直在全年级领先。偶

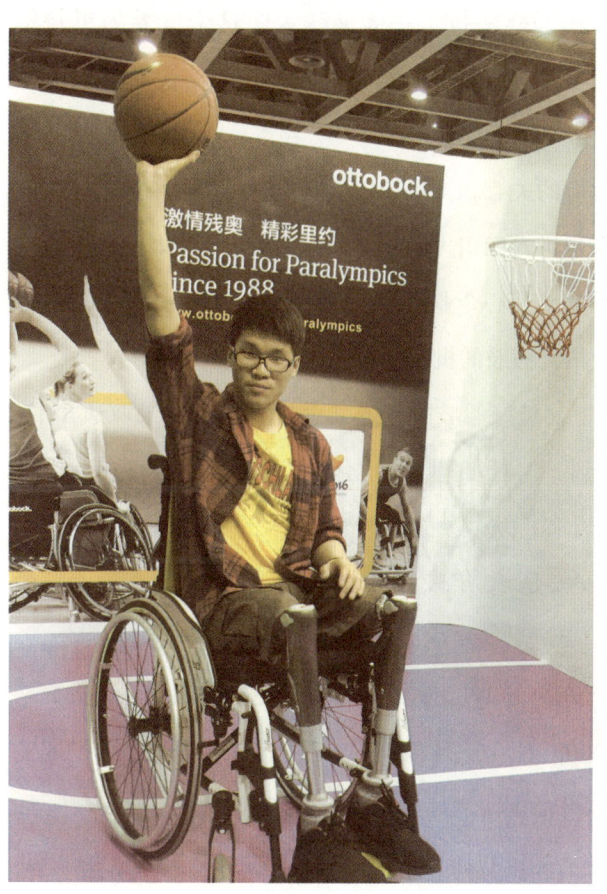

2016年3月25日,李安强在假肢供应商大会上展示篮球技艺。

尔他也会把科比送的篮球从密码箱里拿出来玩几把，却从不舍得在地上拍一下。

与其他同学相比，李安强还有更繁重的假肢训练，这意味着行动不便的他需要付出更多。"我能够感受到我内心对能再次行走的渴望。力量训练、双腿站立、单腿站立、双杠站立行走、室内行走、室外行走，每天的训练内容就是和康复医生'逛街'。"

如同看不到隧道的尽头，唯有能看到自己，在不断前进。虽然衣服被汗水浸湿无数次，虽然每天睡觉身体着床疼痛难忍，但为了能换来独立、自如、安全的行走能力，李安强感觉所有汗水都是值得的。

李安强总会想到科比坚持每天清晨4点就起床，去做体能训练和投篮练习。李安强和科比一样坚持了一天又一天，这个世界的黑暗始终没有改变，而自己却逐渐发生了变化，就好像光明一点一点来到他的人生里。

在党中央以及各级政府的关心和支持下，李安强获得了迟来的"抗震救灾小英雄"称号，并被保送进入四川大学学习。再加上全国残联、团中央以及北京的戴伯伯、史可阿姨、爱心企业家等机构和人士的爱心关怀，李安强幸运地拥有了安装市场上最好假肢的机会。

2011年9月7日上午，戴好假肢的李安强手持00001号录取通知书，走到四川大学商学院报到，时任四川大学党委书记杨全明亲自在新生报到处迎候。从图书馆到青春广场再到宿舍，近千米的路上，李安强行走自如。张家鑫技师说，安安是50年来四川省残疾人中双大腿步态走路最好的一个。

2015年11月，当李安强得知科比宣布赛季结束退役的消息，两次分别用中英文发了朋友圈：2009年，您31岁，我17岁，而今您准备告别职业赛场，我也大学毕业。那年3月、7月都是我一生难忘的日子。stay strong是您对我的叮嘱，我一定会的。感谢您选择加入篮球之旅后带给我的一切：

勇气、毅力、决心、抱负和爱。

安安相信，其实人生没有退役，战士永远在出发的路上。

"过了十二月，该成熟一些了！"

2016 年 5 月 12 日，李安强第一次在朋友圈发了一张自己戴假肢走路的照片。想起 8 年前晚上睡觉都要将假肢拿得远远的，李安强觉得自己释然了，不再刻意回避，接受自己的优点，也接受自己的缺陷。

进入大学后，李安强基本脱离已经依赖了快三年的轮椅，生活完全自理，曾获得"感动川大"年度人物，还考了驾照，但大学很多朋友都不知道他是半个 Iron Man（钢铁侠）。

川大也感动着李安强。学校特意将他的宿舍安排在一楼，床铺也专门设计成单独的下铺。李安强的妈妈被学校聘为宿舍管理员，一有空暇妈妈就帮助他进行恢复锻炼。每天李安强会比同宿舍的同学早起床，然后慢慢地走去上课，别人只用 10 分钟，他要走上半个小时。不过这也是对身体的一种锻炼。

"泡图书馆、晚上在寝室和朋友们卧谈、偶尔和几个朋友畅想一下未来、周末和同学一起去学校附近商业街 happy……"在四川大学读书的四年里，李安强的生活和所有健全的大学生一样充实快乐。

在四川大学就读期间，多个部门领导及爱心人士到学校对李安强的假肢使用情况进行回访。当看到李安强开朗与自信的脸庞，在大学的校园里自由漫步，能很好地融入大学生活，大家无不感到欣慰。正因如此，许多爱心人士提出想送李安强去美国留学深造。

英语是摆在李安强面前的最大门槛。"虽然大学的英语四六级考试都顺利地通过了，但离出国留学所需的英语要求还差得很远。所以之后的大部分空余时间我都在和英语'死磕'。"李安强说。

2015年夏天,李安强顺利从四川大学毕业,之后半年多时间他全职学英语。"我每天早上6点起床学习英语,早上背单词1小时,练口语1小时,练听力2小时,下午练阅读2个半小时,练写作2个小时。"

成年人的世界里没有"容易"二字,备战出国的过程有些痛苦,但李安强拿到了好的结果,被美国东北大学和罗格斯新泽西州立大学录取,他选择了后者,2016年8月16日,李安强离开家乡,一个人走出了国门。

2017年8月,放假回国后,穿戴顶级假肢的李安强行走在成都街头。李安强在美留学期间,GPA绩点(平均成绩)保持新泽西州立罗格斯大学管理学院前三名。有余咖啡 贾宁/摄

"现在的我独自一人在美国求学,一切都很顺利,过得也很充实,希望自己的青春没被辜负。"一年多时间过去,李安强的见识与能力与日俱增,课堂之外,他还在亚历山大市政府实习,还当上了带薪助教,给学生们批改作业。

假期,李安强会找机会去其他城市打工赚钱,并把自己租的房子再短租出去。他深知留学机会来之不易,所以他省吃俭用,从不乱花钱。他很少下馆子,他更喜欢和朋友在家里做饭,水煮肉片、炖牛肉、麻婆豆腐、青椒土豆丝等都是他的拿手好菜。其间回国后在"干妈"家聚会,他还让川川(致残学生王丽的丈夫)给自己理发当练手,被大家笑称为"最会过日子的留学生"。

一本书,一把琴,成为他闲暇时间的陪伴。他喜欢一读再读同乡聚美优品 CEO 陈欧送给他的《斯蒂夫·乔布斯传》,里面的书签上写道:梦想是注定孤独的旅行,路上少不了质疑和嘲笑,但那又怎样?哪怕遍体鳞伤,也要活得漂亮。

李安强喜欢中国民谣,对赵赵和赵雷的歌情有独钟。安安自己也自编自唱过两首歌《北方姑娘》《十二月》,他在歌词里写道:

有一个姑娘,她生活在北方
长得忒美丽而且很善良
每当我看见她那两眼水汪汪
如此清澈的爱意在那眼眶
…………
过了十二月,该成熟一些了
对那些所谓的不切实际道别了
过了十二月,该再成熟一些了
对那些无法挽回的过去,说声谢谢
…………

2018年4月，李安强正准备毕业论文和找工作，在忙碌中找寻着机会。李安强的下一站，也是王志航最操心的。

"失去了双腿，没有膝盖，我深深地为安安担心，为更多的残疾的孩子的未来担心。"王志航说，她可以为孩子们寻找"爱心家庭"，竭尽全力找到社会爱心资源捐资助学，甚至可以教孩子们个人情感管理、人际关系的处理，在孩子们无助的时候，遇到困难的时候，给他们爱与安慰，她可以与他们欢笑在一起，哭泣在一起，分享他们的喜悦，承担他们的痛苦。

但对于这些伤残孩子们而言，站起来以后的人生才刚刚开始，在事业与爱情这两个决定一生命运的大事面前，王志航心有余而力不足。"我告诉安安，你必须优秀，比一个健全的男人还要优秀，才可能得到你想要的生活。"

回首这十年，李安强坦言自己是幸运的，得到了太多的爱和关心。如果没有干妈、戴伯伯、史可阿姨等好心人，他不敢坦然面对过往，内心不会强大。"现在的我唯有感恩与奋进，争取一步一个脚印脚踏实地走好每一步。"

"对于未来，虽然充满了未知，但是我肯定会尽自己的最大努力去帮助其他人，就像很多帮助我的人那样。同时我也坚信未来我会过得很好，而且会越来越好，我会加油的！"

安安不再皱眉，额头的"川"字已经舒展开来。他告诉我，在美国打拼结束后，他一定会回祖国效力。

没有战死沙场，那就回到故乡。

未来人生路，道阻且长，好在有爱，有梦，有希望。

第九章 Chapter 9

洋娃为什么要做"假先生"

你在时间中复活,纤瘦而沉默。

咆哮的大海能在郑海洋的脸上、心田、体内留下些痕迹吗？他可是一直向往着大海的。

在南戴河黄金海岸，他昔日的同桌廖波玩得相当尽兴，在海中嬉戏，用沙子往身上写字、扮演美人鱼……相比之下，名字中与大海有着血缘般亲近联系的郑海洋似乎并不开心。同行的女同学试着用调侃的语气和欢快的语速去感染他："看到大海什么样的心情呢？"

但这招并不奏效。"没心情啊。"郑海洋有些懒洋洋地回答道。

不过，在一团欢愉的气氛中，他还是挤出了一丝笑容。

他并不老成，他正值青春，如愿面朝大海的那一年，他19岁。

大多数人的青春年华都在不断向上、自然生长，但郑海洋有些例外，17岁前身高本来已经蹿到了1.83米，可时光仅仅用了22个小时，就削减了之前依靠近15万个小时累积起来的"海拔"。

三次生命

十年了，每一次提起郑海洋，杨茜萍的心都会不由自主地抽紧。

这是一段距离1 750千米的深厚情谊。一头连着在2008年5·12汶川特大地震之后被称为"夹缝男孩"的郑海洋；另一头牵着天津体育学院女教授杨茜萍的心。

在杨茜萍的办公室里，收藏着厚厚一摞郑海洋的来信，这是两个人"忘年交"的见证。第一次见到这个男孩，很偶然。汶川特大地震后不久，在网上浏览新闻时，杨茜萍注意到郑海洋躺在夹缝下的照片，英俊的脸庞、充满求生欲望的眼神，让她过目难忘。后来，天津体育学院成立了北川工作组，进行定点支教、援助，杨茜萍终于认识了照片中的"阳光"男孩。

但那时候的郑海洋并不阳光。

5·12汶川特大地震之后，他很长时间都没有回到学校，爸爸妈妈隔三岔五就会劝他回去上课，他始终不愿意。那个地方给他带来过伤痛和悲哀，他无法真正释怀。他甚至想去擦皮鞋，还想去挖煤，在受过伤的男儿眼中，这些选择都比睹物思人强得多。

2011年8月19日，郑海洋高考后回到王志航家中。图为他卸下的假肢。谭畅/摄

时间，终究还是需要时间。它能强大到在22个小时中改变无数人的命运，也能通过一点一滴的耐心敲打来试图抹平一个人的个性。

"你已经待在家里这么久了，再不去上学，课程就要全部落下了，你以后怎么赶得上啊？"几乎每天晚上，全家人在一起的时候，爸爸郑雄都要走程序般地皱着眉头问上一句。

"洋娃，上学去吧。"在郑海洋看上去心情还算好的时候，妈妈经朝禹才敢苦劝。

洋娃，是父母对郑海洋的爱称，在羌族人的传统观念中，男儿就是家中的顶梁柱，不使劲学习，将来怎么办，总不可能靠别人的资助过一辈子吧！

起初，郑海洋就是不想回学校，就是想待在家里，直到有一天，他不得不相信，书里说的"一夜白头"的事情是真的。就在他经常无缘无故朝着妈妈发火的那段日子，时光仿佛一下子就收回了妈妈美丽的容貌。就在一瞬间，郑海洋突然想明白，真的不能再继续青春的任性了，更不能让自己再学着老虎的样子"纵横跋扈"，他要变成一只乖巧的小猫。

虽然多少有些被迫的成分，2009年5月3日，郑海洋还是坐进了北川中学高一（1）班的教室。和一年前一样，他的座位还在教室的最后一排。报到那天，他看到校门口展板上的介绍，去年北川中学有593人参加高考，录取496人，有一人考上北京大学，一人考上清华大学。当时有媒体记者问他想考哪所高校，他说自己才上高一，想不到那么远，还不知道考得上不。

青春年少的郑海洋，骨子里依旧有些叛逆。若把时光倒回至5·12汶川特大地震前，彼时的高一学生郑海洋或许会毫不隐瞒地告诉身边的熟人，自己的高考梦想是考入电子科技大学的计算机系。

就在郑海洋重返校园的前一天，他的妈妈也带着简单的行李，搬进了位于绵阳城北的绵阳长虹集团培训中心学生板房宿舍。这里是北川中学的临时安置点，学校聘用经朝禹做生活老师，来管理宿舍，同时也方便她能近距离照顾儿子。

然而，想从老虎变成小猫，并没有想象中那么容易，尽管学校已经给了郑海洋最好的资源，但整个高中三年，他仍一直放任着自己的叛逆。

若不是杨茜萍在郑海洋的生活中出现,不知道这个男孩还会不会向其他人展示出他极其内敛的一面。从 2009 年认识他之后,杨茜萍就在他身上花了很大力气和颇多心血,她发现这个孩子性格内敛并且敏感,话不多,声音低沉,心思细密。和郑海洋差不多大的 90 后们,大多习惯发短信或者是电子邮件,郑海洋却坚持用钢笔给杨茜萍写了 3 年信,这个有些倔强的男孩认为,只有这样才能表现出尊重和诚意。

郑海洋觉得,杨茜萍对他的好,简直都没法想象,比如认识他的第二年,这位杨阿姨为了他的生日,特意从天津坐飞机到四川。

带着他和廖波去看海,也是杨茜萍一手策划的行动。

2010 年 7 月 5 日中午,杨茜萍带着郑海洋、廖波,还有她的研究生,一起前往北戴河,大海之旅正式开始。第一次看到大海,郑海洋还有些放不开。廖波在海中与同行的小伙伴们嬉戏,郑海洋就在岸上为大家拍照,小伙伴们悄悄翻看了他们捕捉到的郑海洋的镜头,发现腼腆的他帅气又迷人。在南戴河黄金海岸,郑海洋刚开始只是羞涩地摸摸沙子,后来,他受到感染,与大家一起发出了自己最嘹亮的声音,在同伴们的帮助下,郑海洋终于触摸到向往已久的海洋。

杨茜萍和郑海洋的家中,都珍藏着两张特别的光盘,一张是 2010 年 10 月制作完成的"我们在一起——夹缝男孩郑海洋、廖波大海之旅"纪念光盘,另外一张是 2011 年 11 月制作的"海洋快乐"纪念光盘。这两张光盘里,都留存着大海之旅的欢快记忆。郑海洋和廖波每次聚在一起的时候,都会谈及这段时光。郑海洋一直觉得,那个时期廖波的状态还算不错,而他自己却仍处于恢复期。

新生!

重生!

再生!

尚未成长到而立之年，郑海洋就已经历过三次生命历程。

1991年11月16日，郑海洋出生在北川的一个小乡镇。这个地方没有可以让大部分居民工作挣钱的工厂，所以大部分壮年男子只好忍痛与妻子和子女离别，背井离乡，打工挣钱，供家里吃穿用度，供孩子上学，一年只能回家一次。有的家庭甚至一家五口一起离开故土，只为去找一碗能够填饱肚子的饭。

小时候，郑海洋在父母和奶奶的关爱下成长。妈妈对他特别好，从小到大对他的爱有增无减，小时候他得大病，爷爷、奶奶已经想放弃医治了，但妈妈硬着头皮把他抱到县城的医院，在病床边守护了几天几夜，才把他从死神手中夺了回来。

上高中以后，郑海洋告诉妈妈自己学习压力特别大，很费脑，要补充好营养。妈妈知道了以后，每周都会给他买更多的乳制品，给更多的生活费，让他带到学校。每周末回家后，又会给他做好吃的饭菜。妈妈一直在尽量满足着她至爱的洋娃的所有心愿。

郑海洋也没有辜负家人的期望，经过竞争激烈的中考，他考入了在家乡人心目中具有崇高地位的北川中学。在北川这个地方，谁不希望自己的孩子能够在这里就读呢？大家觉得，只要能在这里读书，将来就一定能考上名牌大学，前途和"钱途"都将一片光明。

已经记不清是哪一年了，郑海洋的父亲也被迫到外地打工。对于父亲，郑海洋并没有太多的疏离感，他觉得爸爸离他并不遥远。关于郑雄和郑海洋这对父子，在北川漩坪乡还有一个关于他们"海拔"的传说，父亲身高1.79米；儿子继承并发扬了父亲的高个头基因，身高1.83米，尽管鼻梁上架着副400多度的眼镜，却仍是北川中学篮球场上难以撼动的主力中锋。除了篮球之外，他还喜欢踢足球，绿茵场上，常能见到他帅气的身姿。酷爱篮球的父子俩，并称漩坪乡的"双塔"。

可是，美丽的传说却在 2008 年 5 月 12 日至 13 日的 22 个小时中发生了改变。

郑海洋的生命历程中，迎来了"重生"。那一年，他 17 岁。

死，需要费尽心思吗？

14 点 10 分，政治课，突然间，整个教室摇动了一下，昏昏欲睡的郑海洋以为是座位左边的廖波在故意戏弄自己，便回过头看着他骂了一句。廖波面色凝重，愣在那里看着老师。郑海洋觉得这小子还挺会装，再看看其他同学，大家都是傻愣的状态。

教室又开始摇动，摇晃幅度明显增加，此时突然有人大吼："地震了！快跑！"同学们瞬间变得躁动，茫然失措。听到地震两个字，郑海洋一下子睡意全无，他精神抖擞、心跳加速、站起身子。座位右边的夏家至第一个冲了出去，郑海洋拍了一下左边的廖波，吼道："你咋还不跑？"说罢便电光火石般往后门方向冲去。

每个人都极度恐慌，后排空地上几秒钟就密密麻麻、前胸贴后背地挤满了人，大家一起挤在了门口。就在大家尖叫着往外挤的时候，一阵剧烈的震波，如同无形的气浪般，以排山倒海之势袭来，旋即，教室里的座椅和人，无一例外地倒下，无数的座椅占据了上风，嚣张地压在少年们的身上。

"天花板快速地裂开，日光灯毫无规则地极速大范围摆动，墙壁也迅速裂出一条条手指粗的缝隙，教室两边的窗户被震得粉碎，玻璃碎片朝四面八方飞去，有几个女同学直接被快速飞过的玻璃块划破了脸颊，鲜血直流，但无法顾及脸上的伤口，求生的欲望迫使他们依旧在人群中一个劲地往外挤……"一年之后，郑海洋开始在自己的电脑中写下当时发生的一切。

但当时，他身不由己。时间并没有给他看清全部过程的机会，天花板重重地垂直砸了下来，他惨叫了一声，顷刻间眼前一片漆黑。

....

时间仍然漫不经心地一分一秒地走动着，终于，郑海洋睁开了眼睛。他眼前一片昏暗，往日良好的视力急剧下降。况且周遭的环境也并不友好，烟雾弥漫，伴着浓浓的粉尘。郑海洋知道自己被困在了一个狭小的空间内，他感到呼吸困难。

出于本能，郑海洋开始挪动身子，准备用双手双脚爬出去，可是，当他按照平时的动作支配手脚时，才发现双脚已经被掉下来的天花板死死压住，丝毫不能动弹。右手也被一大块裂开的天花板的边缘压住，好在左手没有受到任何挤压。

他用空出的左手拉住右手臂膀，硬生生地从天花板下把右手扯了出来，在剧烈的摩擦下，右手被压住的地方损失了一大块皮肤，赤红的肉露出，鲜血在手臂上流动不止，一滴一滴地洒落在废墟上。

郑海洋感觉到手臂上鲜血流过的痕迹是那么冰冷。他试着抬起右手，稍一用力，伤口处就像被利剑挑断了经脉一般疼痛。他只好先让右手静静地躺在血泊里，用左手努力将覆盖在身上的砖块瓦石和泥土抛开。之后，他坐起身子，大吼了几声，仿佛在篮球场上和绿茵场上为自己和队友们加油助威。之后，他接着挖掩埋住下半身的泥土，一边挖，一边单手撑在凹凸的土里，挣扎着想要往外爬。

然而，无济于事。郑海洋的双腿被埋得太深。他不得不颓然收手，转而开始高声呼救，外面人声鼎沸，在这逼仄的空间里，他的呐喊显得无力。

渐渐的，郑海洋平复了焦急的心情，开始意识到周围一定有许多同学。

和郑海洋处境最接近的是廖波，他们都被断裂的水泥板死死压住了下半身，正共同经历着"重生"。廖波靠外，郑海洋靠里，通过一条夹缝，他们可以与外界交流。

杨金平、孔翔、刘佳龙、夏家至、高永明、梁旭阳、母志袁也和他们压在了同一片废墟之下。母志袁被埋在郑海洋身下的瓦砾堆中，露出双臂在不断呼救，当时郑海洋的下半身处于水泥板的重压之下，稍一动作就感觉很痛，但他仍努力转动自己的上半身，用双手刨去母志袁身上的砖块、瓦砾。高永明和廖波也开始用力，3个男生，用6双手，慢慢地将母志袁的上半身刨了出来。

"我们一定能活着出去！"大家互相鼓励，母志袁、夏家至、高永明先后获救。

生命有充满希望的柔情一面，也有残酷冷漠的无情一面，死神如此之快地向这些十七八岁的少年们靠近，几分钟前还在郑海洋面前谈论理想抱负的杨金平走了，为杨金平的死而感慨的孔翔也离开了，还有梁旭阳、刘佳龙，也没能在花季的年龄里延续"好好活着"的生命信条。

"绝境面前可怕的不是身体被摧毁，而是内心求生的欲望被时间和疼痛消磨殆尽。现在的我们正处于这种状态，怕的不是无力反抗，而是不想反抗。"一年之后，郑海洋在电脑中敲出的这段文字，说不清是他究竟在哪个时间节点的感悟。十年之后，已接近而立之年的郑海洋仍然觉得自己说不清生命的含义，虽然他承认，自己已经历过许许多多，当然也包括直面生死。

熬过了死寂的夜，5月13日，郑海洋和廖波一起等来了陆续赶到学校的吊车，不到十分钟时间，廖波被顺利救出。两个小时之后，吊车终于将最后一块石头抬走，太阳光突然刺进郑海洋的眼中，他立刻闭紧了双眼。光芒如此耀眼，这一刻仿如重生，经历过重生的男儿当时就想纵声大哭，在夹缝中坚持了22个小时，他是多么想活着，看一看外面的世界。

"曾经以为，17岁，我会在北川中学的废墟下失去生命，而现在，我坐在轮椅上，用以前从来不可想象的方式感受这个世界。无论快乐还是忧伤，我从来无法停止追忆，虽然我再也回不到从前，他们再也回不到我的身边。"这是近3万字的《废墟下的22小时》的开头，是郑海洋用笔记录的真实伤痛，也是再生对重生的致敬。

经历了生死，又重新活过一次的人，真的就什么都不怕了吗？

重生之后的郑海洋双腿高位截肢，安装好假肢后的一段时间内，每天除了训练还是训练。"为什么要让我活下来，又夺去我的双腿？"郑海洋发出了痛苦的疑问，他突然想用死来逃避这一切。那段时间，他总喜欢晚上独自待在一个废弃的园子里，一待就是几个小时，思考着死亡。

一天晚上，他一个人对着电脑发呆，再一次思考起那个痛苦的疑问，但是，他并没有找到答案。不知不觉，电脑屏幕上倒是留下了一行行伤感的文字：

如果有一天我走了，爸爸妈妈请你们要好好照顾自己，请原谅孩儿的不孝，不能陪你们一起走下去，不能再在下个母亲节和父亲节为你们买最爱的东西。洋娃很不乖，常常惹你们生气，以前是，现在是，但愿以后不会再有了。还有你们要常常去外公外婆家陪陪他们，不要让他们总觉得太孤单……

如果有一天我走了，请原谅海洋的懦弱、自私、无能。请你们能理解。

我相信时间一久，你们就会把所有的事情全部淡忘，渐渐地你们又会回到原本的生活，时间是最好的疗伤药。

我死后请你们不要告诉那些远方的人们。

我死后希望你们把我的骨灰埋葬在那片废墟下，因为我忘不了那里。

我死后我希望我可以回到过去。

终于，这颗已经"冰冷"的心，在一个雷雨交加的晚上化冰了——"回家的途中，我看见了一个熟悉的身影在大雨中急切地找寻着什么，我知道是她，我没有吱声。她的手中拿着一把伞，焦急中却忘了撑开为自己挡雨。忽然，她的目光和我的目光相会在这大雨之中，她急忙大步地向我跑来。看着她满脚的泥土和哭红的双眼，她的全身早已湿得通透，更湿的是她那颗早已破碎却必须紧凑在一起的心。我的眼泪再也忍不住了，流了下来，雨水和泪水交融在一起，已经全然分不清哪里是水哪里是泪。"

回家之后，郑海洋一个人静静地躺在床上，心中所有的迷惑终于解开。他起身用键盘敲下了正在经历着"再生"阵痛的那种刻骨铭心："死亡是每个人都必须经历的无法逃避的事情，一出生就会遇到死亡，从出生到死亡是上天早就安排好的一次奇妙旅程，我们没有必要费尽心思去死。也许因为自己的过早死亡，甚至还会令所有爱自己的人伤心欲绝。这不是也许，这是肯定的。这不是一个男人所应该做的事。"

这一年，郑海洋18岁，以成人的年纪，经历着再生。

这个天蝎座的男孩和大部分同龄人一样，有无比迷恋的偶像，比如少年成名的韩寒，他一直想见韩寒，但苦于一直没找到机会；有喜欢的明星，比如和他一样酷爱打篮球的歌星周杰伦，他几乎喜欢周杰伦的每一首歌，尤其是唯美感人、唱出了许多人初恋感情的《蒲公英的约定》；他也有学习崇敬的榜样，比如聚美优品CEO陈欧，他佩服陈欧的坚持。郑海洋觉得自己是个很典型的天蝎座，就是因为专一、坚持的品性。

给他一个支点

总让杨茜萍揪心的是，她觉得郑海洋走过的路并不那么顺利，相较于另外几个地震致残的孩子郭冬梅、张凤、杨凤，郑海洋绝对算不上听话。

2011年6月，北川中学35名地震致残学生参加了高考，这是残疾考生人数最多的一年。在此前的三年多时间里经历了重生与再生的郑海洋也加入

北川中学棒球队由天津体育学院帮助组建，目前成绩已居全省第二名。图为郑海洋与北川中学棒球队切磋技艺。

了考生的队列，然而成绩并不理想。别以为他一直自信满满、阳光乐观，他也常常灰心丧气、悲观不已。在资助郑海洋的所有人当中，对他影响特别大的有两个，一个是杨茜萍，另外一个是王志航。在王志航帮助过的孩子里，郑海洋是被批评最多的，当他不想读书、不想考大学的时候，当他不好好做康复训练的时候，但"骂"真的是爱，王志航一直期待郑海洋满血复活的时候，她觉得这才是他的价值所在。

郑海洋把王志航对他的爱定义为"精神上的资助"，这对他而言很重要。

关爱着郑海洋这些孩子的人们，费尽心思、想各种办法，只为给孩子们一个精神的支点，帮助他们真正地在精神上站立起来。

在杨茜萍的不懈努力下，郑海洋被天津海运技术学院破格录取。

一个困难解决了，另外的困难又接踵而至。

在大学里如何独立学习、生活成为当务之急。郑海洋的行走能力并不理想，除残端太短之外，不积极康复训练也是主因。有一段时间他的表现实在不佳，杨茜萍下了狠心，不再理他，已对杨茜萍形成心理依恋的郑海洋备感痛苦。痛过之后，他决定振奋起来。

2012年伦敦奥运会期间，郑海洋穿着杨茜萍特意为他新买的西服，第一次走出国门。

受国际奥组委的邀请，郑海洋到达英国南部城市格拉斯哥，参与第二届奥林匹克科学大会。其间，他还作为全球40位杰出青年学生的代表，受到英国女皇伊丽莎白二世唯一的女儿安妮公主的接见。一切对于这个21岁的孩子而言都是新鲜的。迪拜、伦敦、格拉斯哥，郑海洋到了很多之前从没去过、连想都没想过要去的地方，和来自世界各地的人交流，他发现，这个世界原来如此之大。在机场，郑海洋和身着民族服装的阿联酋空姐合影；在大会上，他在大家鼓励的目光下勇敢与世界各国青年学生交流。他的相机记录下了他此行的每个或奇妙，或兴奋的瞬间，每一张照片上，都洋溢着这个经历过新生、重生、再生的男孩的灿烂笑容。

伦敦之行让郑海洋收获了许多自信，已有了几分成熟男人气质的他也在找寻着未来的方向。

2013年，大三实习的时候，郑海洋开始规划未来的人生。当时他觉得，既然学的是电子商务，就应该选择电商创业这条路。于是，他跟两个四川的朋友李金辉、高扬一起做了个名叫"草莓秀"的图片导购网站。取这个名字，他们思考了很久，最开始就想以一种食物来命名，后来想到郑海洋特别喜欢吃的草莓，恰好它又有着新鲜的特质，代表青春活力，是90后身上最大的瑰宝，同时做电商也需要新鲜、快速地摘取。大家一拍即合，就定下了这个名字。

现在回想起来,郑海洋觉得当时脑袋一热就做了创业的决定,其实什么都不懂,要经验没经验,要资源没资源,一腔热血让年轻的他们把创业这件事情简单化了。

有人说,在创业的 1 000 天里,只有一天是开心的。这句话确实不无道理,哪个创业者没经历过被投资人虐、被合伙人骗、被员工糊弄呢?况且,郑海洋他们还只是"新人"。如何注册,怎样申请执照,前期准备的 10 万元花完了怎么办,不盈利怎么办,没有获得投资怎么办,郑海洋都不知道,也没想过。

初生牛犊不怕虎,郑海洋从一开始就把项目摊得很大,在成都的一个园区设立办公室,招来 3 名员工,给"黑中介"花了不少冤枉钱,跟"水货"签了投资协议……很快,3 个年轻人就支撑不住了。

向上的"蜗牛"

第一次创业戛然而止,郑海洋也迎来了从象牙塔走向社会的新生活。

为了生活,他在绵阳的一家公司打工,做电子商务、做编辑,每个月能赚两三千块钱,这在当地还算是达到了温饱水平。但郑海洋并不满足,他只想自己做点事情,就像他崇拜的榜样陈欧一样,有一天能为自己代言。

郑海洋一直在寻找机会,期待"草莓秀"APP 东山再起。就像郑海洋自己在汶川特大地震之后的重生和再生一样,他想让他的"草莓秀"APP 也拥有第二次生命。

2015 年 10 月,服务于各类大学生和青年创业者的平台"草莓秀"APP 正式上线,郑海洋开始了他的第二次创业。

这一次,李金辉的朋友庞文强也加入进来。起初,团队中几乎每天都有

2018年1月20日，王志航（右）看望正在重新创业的郑海洋（左）。

争吵，大家挤在几平方米的办公室里，为"草莓秀"APP的定位争得面红耳赤，每个人都有自己的想法，而共同的目标指向无一例外，都是要把正经历着重生的"草莓秀"APP做得更好。经过多次的思想碰撞，大家终于统一了意见：将"草莓秀"APP做成一个挖掘最有价值互联网信息的新媒体平台，通过这个平台，将创业者、投资人连接起来，让年轻人的创业更简单。

他们将视线锁定于开始进入创业期的90后群体，也主要服务于这个群体，他们会推送与创业相关的互联网信息和新闻，建立投融资圈，帮助90后对接项目投资，帮助90后创业者寻找免费办公场所，教他们如何入驻，帮助广大青年创业者少走弯路、更快融入创投界。

创业不像播种，不能苛求种瓜得瓜，种豆得豆，创业有可能满载而归，也有可能徒劳无功。郑海洋并不忌讳谈论自己第一次创业的失败，他认为失败其实也是一种经验，他也愿意把这些经验分享出去。

这一次，郑海洋想得更长远了，他甚至想到了 10 年、20 年之后，他要用这个平台打造一个 90 后的创投生态圈。除了有长远的考虑外，郑海洋也脚踏实地，走访了西南地区诸多 90 后及大学生创业团队，了解整个西南地区青年创业者的生态状况，并且收集了全国几百家创业孵化器的信息，其中大部分针对青年及大学生创业团队有各类优惠及支持。

与两年前不同的是，郑海洋变得成熟又稳重，他没有急着立刻铺开摊子，没有租大的办公室，也没有雇人，能自己做的事情，全部自己搞定。他经常自己出去拉投资，和投资人面谈，深夜写稿，常常凌晨一两点钟还在回家的路上。

就在"草莓秀"APP 正式上线后不久，绵阳电商大会隆重召开，坐在轮椅上的郑海洋出现在公众的视野中，他带着创业公司的项目，亲自赴会，与众多国内一线互联网公司负责人进行交流互动。此时的郑海洋，24 岁，已经融入创业界，成为 90 后创业者中的佼佼者。

郑海洋从来不纠结于能否通过创业来赚大钱，他觉得创业的成功是不能简单地用赚钱来定义与衡量的，如果创业经历能为自己带来很多之前从未有过的经验、资源，就算是一种成功。

从这个角度而言，"草莓秀"APP 的重生，也算是郑海洋第二次创业的成功。正是从这种意义上而言的成功，令郑海洋在决定要放弃这个项目的时候颇为纠结。不过，此时的他已不再是从前那个需要被干妈"骂"一通才会清醒的男孩了，他懂得不断找寻方向，即便走过的路并不那么顺。

很多时候，学会转弯，才能把路走得更远、更顺。尽管难舍，郑海洋仍然在 2016 年末 2017 年初的时候，从"草莓秀"APP 中抽身而出。他开始思考什么样的项目才真正适合自己。

这些年来，郑海洋一直在用以前从未想象过的方式来感受这个世界，也一直在用以前从未想象过的方式来创造荣耀，如果能将自己的宝贵经历融入创业项目中，把创业作为一种修行，岂不是很棒的一种"为自己代言"的方式吗？

想到这里，郑海洋开始再次梳理起自己的重生与再生的经历。

2017年1月29日，郑海洋（左）与魏敏等同学回到家乡聚会。

"在汶川特大地震九周年的时候，我的小说《废墟下的22小时》在微博上发表，获得了300多万的阅读量，给很多很多的朋友带去了感动，带去了正能量。残疾人的康复分为两种，一种是身体的，一种是心理的。地震之后我接触了很多残疾人朋友，我发现他们当中，有很多人并没有从灾难中走出来，还是活在自己阴暗的小世界里面。"

郑海洋发现，残疾人其实非常需要通过信息平台得到帮助和关爱。他渴望做一款专注于残疾人康复的APP，希望帮助残疾人更好地找到康复医院、理疗师，以及提供高质量护具的商家，同时通过联系线下活动帮助他们做心理建设，丰富他们的业余生活。

郑海洋和他的团队为这个APP取了一个相当形象的名字——假先生。郑海洋解释，假先生就是假肢的"假"。在许多中国人的观念中，"假"在很大程度上蕴藏着不好的含义，但郑海洋想通过"假先生"这个平台，带给残疾人群体、带给整个社会更多真善美的东西。

第三次创业，郑海洋努力地让假先生稳步发展。2017年春天，假先生的萌芽在几个90后小伙伴的小心呵护培育下一天天成长，夏天，成都假先生科技有限公司正式成立，秋天，产品问世。2018年，假先生团队的骨干成员已壮大到5位。郑海洋担纲创始人兼CEO。

一个好汉三个帮，郑海洋一直觉得自己比较幸运的是，他的身边总有一些特别要好的兄弟，比如在夹缝中煎熬的22个小时中一直跑前跑后为他加油鼓劲的死党刘旭良，比如和他一起在夹缝中经历重生的廖波。在创业的这场漫漫修行中，能够与志同道合的人相遇，他既开心又感恩。曾经有一段时期，郑海洋要求自己必须加快前进的速度，他渴望用成功告诉这个世界：我郑海洋不是个废人！我要回报所有的好心人！

现在，郑海洋已经不再追求快速了。2018年，汶川特大地震转眼间已过去了十个年头，郑海洋甚至觉得有些伤感，只因为他感到了时光的匆匆飞逝。

"我要一步一步往上爬，等待阳光静静看着它的脸，小小的天有大大的梦想，重重的壳裹着轻轻的仰望。"这是郑海洋从小喜欢到大的歌星周杰伦作词、作曲的《蜗牛》。27岁的郑海洋此时的状态也像极了"蜗牛"，他正一步一步向前，风儿早已吹干年少时他流过的泪和汗，总有一天，他会拥有属于他的天。

第十章

Chapter 10

家，世界上最重要的地方

我要我所爱的人继续活着；

我爱过你，歌唱过你，超过一切，

因此，你得继续绚丽地如花开放！

汶川特大地震志愿者王志航是一位普通的成都市民，当过兵、下过海，两次罹患癌症，一直没有生儿育女，但2008年5月12日的汶川特大地震，让她成为200多个孩子的干妈。这些年来，她始终在播撒爱的路上前行，她走遍汶川特大地震后的每一所学校、每一间校舍，走进她遇见的每一个孩子的心里，帮助他们从灾难的阴影中走出来重塑生活的信心。2017年王志航获得了"2017年度中国全面小康十大杰出贡献人物"。

她说："我希望每个伤残的孩子都能通过自己的努力，拥有世界上最好的假肢，走完自己漫长的一生！"

用那温暖的拥抱，架起生命的桥

"干妈，你方不方便？我给你讲个事，你一定要有心理准备。你找个没有人的地方接电话。"2016年1月14日，王志航接到李裕打过来的电话时，几个女孩子已经放了寒假回来，在家里正吵吵闹闹地抢着说学校的趣事。

王志航心想：惨了，这女儿正在谈恋爱，年轻人不容易控制自己，搞不好没毕业先怀孩子了。她又想，怀就怀吧，也到年龄了，大不了就结婚生孩子吧。

毕竟是涉及隐私的事，王志航就走到另一个房间里去接电话。

"王飞走了！"那边李裕在电话里讲这句话时，王志航还没有反应过来，"去哪儿了？"

"死了！"

"怎么会？"

"我看到同学发的朋友圈，问了下真的是他……已经把事情办完了！"

第十章
家，世界上最重要的地方

10 年来王志航经常提起的一句话是：灾难救赎了我的灵魂。

李裕断断续续说着，声音有些哽咽。

王志航愣了一刹那，缓过神后转过头来大喝一声，把那些女孩子吓了一大跳，她说："王飞都死了，你们还在这里笑！"

一屋子的人都震呆了，女孩子们从来没见过她们的干妈这样失态过。等反应过来，一群人都哭得稀里哗啦的。王志航抱着段志秀哭，就像失去了自己的儿子。

这一次的伤痛远比 8 年前还要来得更为猛烈！

没人相信，那个最为阳光的男孩，在截肢孩子里唯一坚持穿着商务装、白衬衫和尖头皮鞋的男孩，那个始终微笑的王飞，会骤然离开。

2011年高考时，王飞考入了上海海事大学，学的是物流专业。毕业后他立志要创业，没有返回成都，而是留在上海继续打拼。但地震造成的身体隐患其实还在，一心想做出一番事业的王飞却过于拼命。

段志秀想起大二的时候，因为家乡梅雨发大水，大家集体去丽江打工。年少轻狂的他们，在没有棉衣、没有氧气瓶的情况下去爬雪山，冷到只能抱团取暖，但在玉龙雪山的最高峰，他们开心得哈哈大笑。

但更多时候却要面对生存难题，王飞和秋秋去了一个除了老板没有员工的公司，两个人正儿八经干了一个月苦力，在没有人帮忙的情况下半夜居然能卸掉五吨货。段志秀给王飞的评价就是"不要命"。

不仅如此，王飞还用专业知识给老板建立一个比较完善的物流管理系统，因为担心没人会用这个系统，他宁愿选择不出去玩。当他们实习结束要离开的时候，老板希望王飞能留在丽江工作。

实习都这么拼命的王飞，在创业的时候当然更加拼命！在出事之前，杨凤和王飞一起吃过饭。两个人一个在浦东，一个在浦西，为了节省时间，选了一个中间的位置，吃了一顿火锅。吃饭时杨凤看他脸色不太好，还劝他注意身体。没想到时隔一周，王飞却在工作时因身体不适而导致恶心呕吐，被同事送至医院急诊室，在CT检查过程中因心包积液猝死！

他的青春定格在23岁。生如闪电一般，死如彗星一样，尽管没有那么耀眼，但是所有关爱过他的人，都会永远记得他自信的微笑、奋斗的精神！

这一天是2016年1月9日，再过两个月就是王飞24岁的生日。

"飞儿：我们不会忘记我们的世界你来过，我也知道你想帅得更完美……记不起是谁把你介绍给我，但印象深刻的是第一次见面时你说的'歪川普'；记得你上大学是从干妈家走的；记得我去上海时看过你两次……飞儿！记得没有你的世界还有很多人爱过你……"在听到王飞离开的消息后，一直关心爱护他的戴克维在"西部阳光"微博发布了这样一条消息。

这个消息对于所有的孩子来说，都是一个沉重的打击。没人想到，当他们从死神的魔爪下逃脱出来之后，在成长的路上还会时时面对它的阴影。

高一（5）班的幸存者名单里，又少了一个人。

"我们走过那么黑暗的岁月，却散在这太平光年。"段志秀写文章回忆说，"我们不是设计过19年、29年吗？患难之交生死与共是一种什么样的感情呢？就像我们从来都认识，都该这般亲近。你看，我们这才9年，才9年，我们应该还有那几十年的精彩，直到我们夕阳暮年。"

元旦在朋友圈看到王飞输液的照片，张凤也没太在意。听到消息的她坐在那里流泪到半夜，重新去翻他之前的照片才发现他比之前瘦好多，也不知道他到底经历了怎样的辛苦才会瘦成那样，之前竟然一点也没有注意到。

春节前，张凤一行去山里看王飞的父母。

王飞的妈妈流着泪指着后面的山头说，"他就埋在那里"，但他父母坚决不让张凤他们去祭奠他，当地人认为年轻人病亡会有很重的煞气，王飞下葬都是请外人去的，他爸妈都不能去。

"他这一生，我什么都没为他做过，连死去也不能到坟前为他燃一炷香，所以我决定为他吃素一个月，为他祈福，愿他灵魂得到安息。"张凤做了这样一个决定。

春节，看到满桌鱼肉，看到为了满足人们口腹之欲而失去生命的动物，不经意又想到了王飞，她再也吃不下饭。

从此之后，张凤再不食肉。

王志航翻出了王飞写给自己的最后一封信，长大了的王飞写道："现在我已经步入社会，并找到一条自己的路，我们已经长大，你也不用像以前那样为我操心。你现在最应该做的是：照顾好自己，看着我结婚生子，听着孩子叫你婆婆（或许在成都应该叫奶奶，不管了，想远了），好好享受三世同堂或四世同堂之乐！"

这一切都成为梦幻泡影。

"太不懂得心疼自己。"从震惊中清醒过来的王志航提醒所有的孩子都要注意自己的健康。她们每做一次手术，每换一次接受腔，都让王志航提心吊胆。春节前刚换了接受腔的张凤在家里就摔了三跤，刚上班的郭冬梅摔了一跤缝了6针。而李裕在2017年8月刚刚又做了一次大手术，她的残端长骨刺，没法穿假肢，没法走路，需要把大伤口切开，用电锯打磨，又是一次全麻手术……伤痛仍时时袭来，提醒她们生命的脆弱。

王飞的不幸离世，恰恰是这样一记警钟！

活着的意义是什么？这是每个人都必须面对的问题。在那些劫后重生的日子里，他们肯定不止一次追问过自己。在那些黑暗的瞬间，痛不欲生的时刻，但偏偏不是在日常。

在体味到生命脆弱易逝的本质后，敢于面对真相的才是真正的勇士。为了梦想，为了爱，要在平淡的生活中面对命运的捉弄，要在转瞬即逝的光阴中创造出生命的光彩！经历过生与死的黑暗，体会过失去亲人的伤痛，孩子们会突然懂事，突然长大。

爱让你的生命比我更重要。

不要放弃，我们一直在寻找！

用那温暖的拥抱，架起生命的桥。

不要回报，留下美丽的笑！

汶川特大地震志愿者陈程，写了一首歌《你的生命比我更重要》，也成为这群孩子聚会时常常要求现场表演的一首歌。

2008年，正在美国留学的陈程，听到地震的消息后带着担忧和思念回家探望父母。幸运的是亲人朋友都安然无恙，热血沸腾的陈程并没有返回去继续学习,他选择留下来成为抗震救灾志愿者。然而在一次运送救灾物资的路途中,却不幸遭遇严重的车祸,陈程失去了他健美的右腿。人生命运由此改变,他在医院足足躺了一年,又在假肢厂做康复训练半年,才慢慢回归到自己的生活。

有人说他傻,有人说不值得。

陈程偶尔也会想,如果没有受伤,自己还是"一枚小鲜肉",会不会在美国顺利毕业,工作生活,再接父母过来,成为华侨?会不会赶上回国创业潮,结识一帮创业者,成为其中佼佼者?会不会参加选秀成为明星,从此出专辑演电影,风头无两?会不会自己开一家咖啡厅,每天一边煮着咖啡,一边观察着每一位客人,享受慢人生?会不会遇到那个她,早早地进入婚姻,有两个孩子,一男一女,男孩叫陈诺,小名叫黄黄;女孩叫陈静,小名叫清清……

2008年11月13日,在治疗中的志愿者陈程(右)接受记者采访。张曦/摄

这些幻想不会成为陈程抱怨的理由,这位酷爱音乐的小伙子希望通过自己的努力变成别人的榜样,希望别人知道残障人士和正常人一样。不想成为别人

眼中弱势群体的他，选择了创业，折腾过文化衫品牌、创意家具、音乐咖啡厅、影像工作室、垂直交友网站……生命不息，奋斗不止，他甚至自驾独行青海湖。

陈程过段时间要去温江换假肢，现在这个假肢，他戴了十年。他说，虽然假肢很贵，也没人资助，但他要用自己挣的钱来买新假肢。这个旧假肢，陈程要留着，做个纪念。陪伴了十年，陪他创业、陪他唱歌、陪他自驾青海湖、陪他行走在莫斯科和圣彼得堡。

王飞和陈程的选择，是他们面对自己命运的选择。

无论在什么年纪，只有面对死亡，人们才会寻找生命的意义。令王志航担忧的是，有些孩子在成长中慢慢丢失了初心，迷失了自己，有些孩子开始急功近利，还有些孩子选择了自暴自弃。她时刻提醒着这些孩子："任何人可以对不起任何人，可千万别对不起自己来之不易的生命！人生很长，且行且珍惜，慢慢走一定能看到自己美好的未来！"

爱会通过每一个人的血液流淌

在成都市温阳区蓝光香境小区王志航家，门厅里贴着一张纸，上面是几个大大的印刷黑体字——"家，世界上最重要的地方"。对面墙壁上，则贴满了一墙壁的灿烂的孩子笑脸，这面墙记录了过去10年这些孩子的成长时刻。这是北川外出读大学的伤残同学寒暑假回家必然停留的地方，也是他们启程前往其他地方之前必须停留的地方——王志航的家——他们所有人的家。

一开始，组织孩子们参加夏令营、冬令营活动时，王志航的家就成了临时的大本营。他们在这里汲取了爱的力量，开始逐渐打开封闭的心门，等孩子们渐渐长大，这里已经成为他们离不开的港湾。

在江油工作的李裕，遇到工作上不顺手的事情，或是心情不太好的时候，会第一时间回到这个"家"，尽管需要坐两个小时的火车和1个小时的地铁。刚刚在新津县工作的熊凤鸣，几乎每周都要回来，工作一周后，只有在这里才能重新充满能量，下周继续精神抖擞地投入工作。

这些成长中的孩子在周末、寒暑假到这里聚集，向王志航汇报各自的学习和生活感悟，诉述喜悦、烦恼、委屈，参加她组织的义工服务活动。王志航会和女孩子们聊各种话题，从她们的工作到恋爱，有的时候像母女，有的时候像朋友。男孩子们则会从他们的干妈这里得到更多人生经验。

回家并不意味着可以躺着享受"胜利果实"，回到家的孩子既会感觉到无微不至的关怀，但同时也会有严厉的批评。在这个"革命大家庭"里，这些孩子逐渐学会了互相尊重、互相帮助。

比如，互相洗脚，这是一项"革命传统"。在地震中同样受伤的熊凤鸣，是在家人的拼命恳求之下被医生保住了双腿。但是在救治中她的腿也留下长长的伤疤，这个爱美的姑娘一直都不敢再穿裙子。王志航看出了她的小心思，有一次故意安排她给张凤洗脚，虽然平时她们嘻嘻哈哈都玩在一起，但真正面对对方的伤口时，她心里的震撼还是难以言喻。

"你那点儿伤算什么伤，她们不比你惨？不照样该干吗干吗！"王志航趁机点拨。

第二天，熊凤鸣就穿了一条漂亮的裙子出现在大家面前。

在不大的客厅里，经常会有室内羽毛球比赛，行动不便的孩子们也得轮流上阵，活动筋骨。好久不见的耀耀来家探望王志航，被姐姐们检查是否锻炼，现场开始练习仰卧起坐。双臂缺失的王虎回到家里，就能享受"帝王"级待遇，弟弟妹妹们会轮流给他喂饭，只有在这个家里他才会放下自己的好强，不会坚持独自进食。在这里，所有的人学会了用"爱"去传递力量。

为了让他们更勇敢地面对自己，王志航甚至教会了他们游泳。

杨凤被带到小区附近的泳池的时候，还充满了畏惧。王志航就让邻居9

岁的小男孩东东鼓励大姐姐，小家伙夸奖杨凤："姐姐，你那条短腿好可爱啊！"用各种方法来诱惑杨凤下水，但是有点儿怕水的杨凤还是只站在岸边旁观。鼓励不生效的东东为了完成任务，开始采取行动，生生地将杨凤推到水里，在尖叫声中杨凤开始重新享受泳池带来的快乐！等后来赶来的李裕也加入后，两个人已经玩得乐不思归。

看着乐开了花的丫头们，王志航后来只能把给她们做好的饭送到泳池边上。

熊熊说：每次回家都削弱我的革命斗志，不想去上班。

李裕说：好舍不得离开大家哟……独自在外打拼还是有点"孤独"。

王虎：不许传播负能量，谢谢小伙伴们的温暖照顾……

干妈、航妈、妈妈，这些孩子用各种称呼来呼唤王志航，大部分时候都被王志航拉来做志愿服务的妹妹则被称为"小干妈"。

寒暑假的时候，是王志航最为忙碌的时候。打地铺、买菜做饭、车站接送，为了让这些回家的孩子能感受到温暖，王志航会付出百倍的精力去打理衣食住行。除了唯一的大床让孩子们睡外，她还分别在客厅、储藏间打了两个地铺。李安强受到特殊优待：卧室大飘窗成了他的"包房"——卸下双腿假肢，他睡这个"包房"绰绰有余。只是去美国留学后，他已经有两年多没来回访自己的这个"包房"。

王志航会组织他们参加更多的爱心活动，并"强迫"他们捐款，因为她要教会他们不仅要学会生存，更要学会去爱。

离开家的孩子们会更惦记这个让他们感觉温暖的家。

张凤第一次从北京坐火车回家时，王志航专程到火车站去接她。

"你可以坐飞机。"王志航说了三遍，但懂事的张凤依然选择了火车。一天一夜的火车对普通人来说真的不算什么，但是对于张凤来说却是一个巨大的挑战，要在拥挤的人群中上下台阶，要在陌生人面前脱卸假肢，要自己提着各种行李。有一次王志航借自驾游的机会到兰州看望正在那里上学的段志秀，尽管每年寒暑假秀秀都会回到王志航家，母女俩也经常微信聊天。结果两人见面时，还是像久别的亲人一样，拥抱着喜极而泣！

段志秀后来在微信里留言说："离家在外的女儿见到妈妈的第一件事估计都是忍不住哭泣吧。思念、幸福、感动、委屈，五味杂陈，用眼泪表达最简单直接。感谢妈妈这么远来探亲，在你怀里入睡是这几个月睡得最好的，在你身上吸收了满满的能量，继续一个人的生活。"

全心全意地付出爱，让这些孩子得以健康地成长，而经常对他们进行感恩教育的王志航，也收获了一个大大的惊喜！

2016年1月7日，王志航60岁生日。

孩子们悄悄准备了一个多月，用心录制了一个感恩的视频，无论在北京、上海、南京、兰州、成都、绵阳，每个孩子都对王志航表达了他们的爱与祝福，用了7个章节总结了这些年他们一起经历的点点滴滴。

"我们从幼稚小孩，我们从忧郁少年，成为追梦青年。

"亲爱的干妈：您陪伴我们成长，将我们的心紧紧联系在一起！

"亲爱的干妈：您教会了我们什么是爱，教会了我们懂得感恩！您从都市潮人变成了温暖的妈妈，您的满头红发早已变成了华发！我们最爱的干妈：前10年您陪我们走过，后10年、20年、30年……这不够长的一生我们一起陪您走……亲爱的干妈：我们永远爱您！再一次对您说：生日快乐！"

在生日会现场，面对着来自天南海北、社会各界的亲朋好友，王志航和孩子们一起演唱了10年来他们一直在唱的那首《感恩的心》。

仿佛回到了2008年，那些山崩地裂的时候，又看到那些奋不顾身冲入震区的人；

仿佛回到了2009年，在春暖花开的时候，王志航一个人背着一个大包，踽踽独行在板房校区；

仿佛回到了2010年，在广州亚残会会场，看着残疾运动员们奋力向前，孩子们向着天空奋力呐喊；

仿佛回到了2011年，在炎炎夏日的炙烤下，孩子们举着一封封大学录取通知书，绽开笑脸；

…………

陪伴成长的过程，回头看去如此短暂又漫长。

"2008年6月底开始，我在四川省肢体康复中心做志愿者，每天面对几十个伤残孩子，他们稚嫩的心灵散发出来的绝望，一条条惨不忍睹的残腿，枯燥乏味而痛苦的康复训练，让我除了陪伴也是束手无策的。也曾分别带几个孩子去看电影，又分别带几个孩子去电玩城消遣或者步行去天府广场看喷泉……但似乎还是缺点儿什么！"王志航回忆说，"忽然有一天我想起了手语舞，我教孩子们跳，从4岁到16岁，无论男孩女孩都积极地学！很快一张张愁苦的脸开始有了笑容，每一次我们都被自己的坚强感动着，感恩着幸运！一首《感恩的心》，唱出了孩子们的心声，鼓励起坚强的勇气，是最有效的沟通互动与真诚的表达……这互动传递的爱会通过每一个人的血液流淌……那天我虽然站在王虎的身后，但是我听到了小兰的声音，阿薇的声音，小娟的声音，蓉蓉、萍萍的声音！很多声音……心灵的声音……我爱你们！"

正是从康复中心开始，"干妈"的尊称在病房回荡，大人、娃娃就这么叫开了。后来随着受伤孩子的分散，"干妈"的尊称又扩散到各个灾区。因为运送救灾物资，和对伤残孩子进行家访，10年中，王志航几乎走遍了灾区的每个学校与乡村。

在没有任何防护措施的情况下，她戴着一只口罩，深入映秀镇废墟、向我乡废墟、汉旺镇废墟、北川中学废墟、北川废墟、青川木鱼中学废墟，在残垣断壁中为逝去的无数的生命默哀，在各个板房去寻找看望安抚那些身心受伤的孩子。一群群孩子，这个失去了右手，那个失去了左臂，这个没有了小腿，那个失去了大腿，这个失去了双腿，那个失去了双臂，至今，还有一个叫王林的北川中学废墟中幸存的漂亮女孩,因为高位截瘫,已经躺在八一康复中心的病床上10年了,呼吸机永远不能停止。

10年后,王志航关爱帮助过的地震老乡和孩子们,还有100多位依然围绕在她身边。

她说:"我必须经常看到这些孩子,不然睡不着觉。"

另一位志愿者唐古拉评价她说:"能做到王志航这样的,我认为是绝无仅有的,这可能与她的经历有关,她得过癌症,她对生命的认识有所不同,她单身没有子女,她甘愿为孩子们付出所有。"

一场突如其来的地震,让史可(右)、王志航(左)等等这些素昧平生的人,为了一个目标走到一起,合力帮助这些孩子获得资助,得以继续治疗,读书深造。

为了孩子们的成长,她甚至卖掉了自己在成都市区的房子。

但这远远不够,国家为这些伤残孩子最初的治疗费用全部进行了减免,但王志航一直在担忧的却是他们的未来，他们必须独自生活、上学、就业、成家。这是一个母亲真正的焦虑。

为此，她和众多的志愿者、爱心人士奔走不停，为62位伤残孩子建立了一对一直接帮扶的"爱心家庭"，这些"爱心家庭"每月或每季为孩子寄去生活补贴，有的还包下了学费。从上海、北京、天津、广州，这些爱心汇聚力量，成为这些孩子震后自强不息的坚强后盾。

成都的卢艳来了，直接从冬令营认领了赵春林和袁孝伟两个孩子，对接成功。成都的张净玮来了，对接了杨淞棱，这个在地震中失去母亲的孩子。上海两姐妹张琪和罗颖，专程到四川省假肢厂对接成功张凤、李安强、李裕。

2009年，在青岛的四川人小王通过央视报道了解到孩子们的故事后，找到王志航的电话号码，表示作为一个四川人一定要为家乡的灾区做点什么。在王志航的帮助下，北川中学的杨姗（左大腿截肢）成了小王的联系人，资助杨姗六年，直到她大学毕业在成都某公司就业后，神秘的小王才在2016年与老王见面，原来却是一位把青春奉献给国家的军人。

每一个孩子的对接成功，都让王志航兴奋不已。

和肢残孩子结对，需要长期的情感上的陪伴和沟通。这份情感的维系是最可贵的，这份付出是用金钱替代不了的。这些"爱心家庭"持续关爱资助伤残孩子长达数年，直到受资助者大学毕业、研究生毕业为止。即便是爱心资助停止，爱却永恒，他们都将成为后天的亲人，相伴一生。

这样的爱心接力还有很多，远在深圳的任平，打来电话表示要爱心对接20个孩子。有人介绍说，这是华为任正非的儿子。相当谨慎的王志航说："华为是干啥的？你一个30多岁的年轻人，怎么可能负担那么多孩子的资助呢？我只能给你四个孩子，而且要长期资助。"

任平答应了，并且坚持下来了。

2017年，任平来到成都看望他资助的孩子，这位志愿者非常感慨地说：

"九年前,他们遇到了人生中本不应该遇到的灾难!虽然我安慰他们,什么事都会过去,未来一定会好,其实心里却充满了悲伤,觉得他们不会再有美丽的人生。今天,我有幸见到我的'孩子'们,他们是那么阳光。他们一一给我描述他们对未来的畅想,那一刻我的心情无法用语言形容!谢谢你们!在你们身上我看到了坚强及不屈。"

王虎,就是任平资助的孩子之一。

王志航生日这一天,失去双臂的王虎是第一次当众参与表演手语舞,站在他身后的是王志航。这一幕感动了在场的所有人!

王志航想让王虎知道:"我们是你的双手,永远不会抛下你的。"

这首已经被国人熟悉到不能再熟悉的歌曲《感恩的心》,王志航带着孩子们从成都唱到上海、广州、丽江、萧山、海宁,唱到北京,唱到所有他们能到达的地方……

10年来,王志航家里已经成为这些地震致残孩子的"快乐大本营"。

听过的人，都会感同身受，因为他们是用生命在歌唱！

王志航在当天的微信里说："千言万语汇成一句话——爱你们是我今生今世的福气……"

她说："我爱他们，爱得盲目而冲动，爱得生命充满无穷的力量，这是使我不顾一切走近他们，无法停止的源泉。所有的孩子都是我心中的英雄，在他们遭受灭顶之灾，失去最宝贵肢体存活下来，注定终身残疾的时候，他们可以哭着笑，笑着拥抱，把阳光和坚强带给每一位来爱他们的人。"

同样为这些孩子的成长付出太多心血的戴克维书记，写了一段长长的微信，称她为杰出的志愿者和伟大的母亲！他对王志航这个普普通通的志愿者表达了最高的敬意，"她以博大温暖的母爱胸怀呵护他们，对每个孩子的学习、生活和脾性、长处短处了如指掌，深爱他们但不护短，时常有个别谈心沟通引导，也会有尖锐批评甚至责骂。但孩子们信服她。如今她在温江的家，成为寒暑假南来北往孩子们必经和留宿之地，成为孩子们温馨的家！"

在这个温馨的大家庭里汲取了爱的力量之后，这些遭受地震灾难折磨的孩子渐次长大，他们上大学、考研、就业、成家，开始了自己全新的人生。他们有的回到了故乡，有的远走他乡，世界为他们敞开了大门。无论走到哪里，他们都会记得在这里，在成都，永远有一扇为他们敞开的家门！

附 录
汶川十年 伤残者奋斗群像

01 陈程，男，32岁，四川师范大学美国交换生，个体志愿者，在汉旺灾区运送救灾物资时不幸遇上车祸导致右大腿高位截肢，现在成都创业。

02 邱耀，男，19岁，北川老县城曲山小学四年级学生，被埋三天三夜获救，右大腿髋关节离断，母亲遇难。现在成都职业技术学院读大二。

03 魏敏，女，26岁，废墟下一直唱歌呼唤着身边的同学，可惜同学们全部都没出来。右大腿高位截肢，西南大学社会工作专业2014级研究生，现在边工作边备考博士学位。

04 廖琪，女，26岁，左小腿截肢。四川大学华西医学中心药理学专业2015级研究生。

05 晏鹏，男，27岁，重返北川中学废墟救同学们，导致右大腿高位截肢，四川大学法学院法律2015级专业研究生，收获了爱情。

06 王飞，男，26岁，右大腿高位截肢，上海海事大学毕业后创业，于2015年1月因心包积液猝死。

07 袁孝伟，男，27岁，右手臂截肢，天津体育学院本科毕业，现在成都做专业康复治疗师。

08 赵春林，女，27岁，右手臂截肢，华东师大心理学专业2015级研究生，曾单手完成了 500 千米骑行与 40 千米爱心行走。

09　刘敏，女，26 岁，右大腿高位截肢，南京大学法学院 2016 级研究生。热爱游泳、滑雪、读书，获得学校优秀学生奖及励志奖等 20 余项。

10　谢海峰，男，25 岁，左大腿截肢，四川省现代歌舞剧院签约舞蹈演员。

11　熊凤鸣，女，25 岁，右大腿及脚掌神经严重受损，从北川中学考入四川农业大学，三年成绩优异获得一等奖学金，2014 年考入南京大学新闻与传媒专业研究生，现就职于四川新津县委宣传部。

12　张国先，女，27 岁，左大腿高位截肢，四川农业大学财务管理本科毕业，现在成都工作。

13　李红梅，女，26 岁，左手臂截肢，大学毕业后返乡从事幼教工作，已婚。

14　邓阳秋，男，27 岁，孤儿，左大腿高位截肢，大学毕业后在丽江创业。

15　唐仪君，男，27 岁，双大腿高位截肢，大学毕业后在成都从事平面设计师工作，收获了爱情。

16　廖波，男，27 岁，左大腿高位截肢，四川师范大学财务管理专业毕业，在成都工作，已婚，生育一女。

17　杨淞棱，男，26 岁，右大腿截肢，专科毕业，现自考为网络测试师，在成都工作。

18　张凤，女，26 岁，双大腿高位截肢，北京林业大学心理学专业 2016 级研究生。

19　杨凤，女，26 岁，右大腿高位截肢，华东理工大学社会工作专业研究生，现在四川欣鑫基鑫会实习。

20　郭冬梅，女，26 岁，左腿高位截肢，天津体育学院毕业后参加公务员考试，现为北川县禹里镇政府工作人员。

21 李安强，男，27岁，双大腿高位截肢，2011年保送进入四川大学，现为美国新泽西州州立大学公共管理专业2016级研究生。

22 李裕，女，26岁，右腿截肢，大学毕业后在四川江油天风证券公司工作。

23 郑海洋，男，27岁，双大腿高位截肢，天津海运学院毕业后创业。

24 王丽，女，28岁，左大腿高位截肢，从专科升入本科，现为电子科技大学公共管理专业2017级研究生，已婚。

25 王虎，男，26岁，双臂截肢，多次打破四川省残运会游泳纪录，现为加多宝四川分公司员工。

26 段志秀，女，26岁，左大腿高位截肢，兰州大学民商法专业2016级研究生。

27 潘云龙，男，26岁，左小腿截肢，四川大学临床医学影像技术专业毕业后被华西医科大学录用为技师。

28 邓平，男，27岁，右手截肢，西北民族大学本科毕业，现在北川移动公司工作。

29 李丹，女，26岁，右手截肢，室内装饰设计师，已婚，育一子。

30 秦睿婷，24岁，孤儿，坐骨神经损伤，已婚，现在广州玩具厂工作。

31 陈春宏，女，26岁，右大腿截肢，江南大学社会工作专业毕业，现在北川新县城工作，已婚。

……………

后　记
为了成长的纪念

一切都是瞬息，一切都将过去。

10年光阴如白驹过隙，忘却了许多人和事，5·12汶川特大地震采访时的情景一直记忆犹新。

"两座山倒下去，一座山立起来，你是不知道，那山就跟水一样。"一对老年夫妇向我描述地震时的情形，反反复复说起这句话。

两位中年男子路上相遇互不作声，一人比出左手食指和中指，另一人伸出右手手掌。采访后才明白，这分别表示家里各有2人和5人遇难。

…………

那一年的5月，山川位移，河流改道，生命逝去，整个中国悲伤得无以复加。5·12汶川特大地震，这场夺去数万人生命，让数十万人无家可归的灾难，改变了无数人的命运。

10年，这个时间单位并不长，但也足以让生老病死这样的事情揳入个人决定性的命运之中。

死亡是生命的见证。他们，就是这场灾难的见证者。

对于往者，鲜活的生命戛然而止；于侥幸存活下来的人而言，一切才重新开始。在别人看来，这似乎是大同小异的故事，但对他们来说，这是绝不相同的人生。经历死亡、绝望、恐惧、疼痛、无助、孤独等之后，他们该如何面对自己残缺的身体、破碎的人生？

于这些孩子而言，10年前龙门山脉那一声巨吼，分明是梦想破碎的声音，而要重拾那些梦想的光芒，他们要付出比常人多百倍、千倍的努力，那是无数次的血肉撕裂，那是无数次的折叠重塑。

坚强，那不只是一个形容词，那是生活的日常。衣、食、住、行，这些普通人毫不费力的行为，却成为最考验他们的难关。学习、爱情、就业、家庭，那些人生都要经历的阶段成为一级一级需要逾越的关卡。青春绝不仅仅只有欢乐，更多的则是痛苦。要战胜这一切，并非易事。

命运以痛吻我，我却报之以歌。10年来，他们无数次唱起手语版《感恩的心》和《隐形的翅膀》，每一次都唱得投入动情，目光澄澈的他们信奉歌里的每一句话，"终于翱翔""飞过绝望""让我有勇气做我自己"。

这是我们开始记录这段故事的初衷，汶川特大地震于我们这代人而言，是一个绕不过去的坎，也许是最重大事件。用沉痛不足以缅怀那些逝去的灵魂，我们有的只能是怀念与哀伤。但幸好，还有这些孩子，九死一生之后伤痕累累的他们，面对伤病的痛击，重新站起来直面人生，他们才有资格书写这部大书。

汶川特大地震幸存者孝伟对另一位幸存者秀秀说：怕是正常反应。不怕那是因为没有见到过堆积如山的尸体，没有在黑暗中保持一个姿势48小时，没有体会过迫切期望再见亲人一面而唯恐见不到的痛苦。敬畏自然，尊重生命！从此，这些幸存的孩子生命中注入了勇敢达观的基因。

接受命运给予的"馈赠"，挺身反抗人世无涯的苦难。这样的行为值得每一个人尊重。

这样艰苦卓绝的路程，没有爱的支撑难以到达。

我们看到了一个人的爱怎样对一群人的生活产生缓慢而微妙的影响，一群人的爱怎样相互交织变奏出美好的生命乐章。命运总是曲折离奇的，在关上一扇门的时候又打开另一扇窗。当你看见苦难来临，就无法转身离开。当你投入其中，会发现其乐无穷。这是王志航的故事令人难忘的原因，这个命途多舛的女人在52岁的时候才发现自己真正的使命，她抛家弃业义无反顾地投入到志愿者事业中,在为同样命途多舛的孩子们奔走相告、解囊相助的时候,她认为更为重要的是陪伴这些心理受挫的孩子一起成长,10年不离不弃。从相互取暖的路人到不分彼此的亲人,她付出了巨大的代价,但无怨无悔。大爱10年,筚路蓝缕,王志航完成了一次最美的逆行,孩子们遇见了更好的自己。在她看来,一切的善,必将被无数倍的善所回应,天理如此。这天下,唯一会被温柔以待的便是善心,只是需要时间与机缘,但从不会缺席。

只有这样的灵魂,才会遇到那样的理解。只有这样的包容,才会有那样的成长。

王志航、杨茜萍、戴克维,62个孩子背后的那些"爱心家庭",那些成长路上无数人的出手相助,那些不求回报的善与爱,正是让这些孩子得以在坎坷的青春路上逐渐成长的保证。那些在黑暗中用残损的手掌挖掘的人,那些同样是在死亡面前挺身而出的人,那些用尽一切办法从死神手里抢回生命的人,那些一衣一饭一行都给予无私帮助的人,都让我们感受到了什么是人间大爱。

世上真有这样的人,有爱的灵魂终会相遇!

能够记录这段历史,纯属偶然但亦是必然。本书作者之一程亚铭曾亲往汶川震中采访,在这场令人心痛的灾难背后涌现了诸多令人可歌可泣的故事,作为职业记者的他一直用笔和镜头记录着这一切。当毕业不久的他选择帮助郭冬梅实现自己的心愿,爱的旅程即已经开始。10年之后的偶然,让他得以重新复盘这段往事,在经历诸多风雨见识人生各种荒谬之后,这一切显然有了更多不同的意义。

我们总想做些什么给他们更多希望,事实上这些孩子坚强得让健全的人心疼又汗颜。更可贵的是,他们正直善良、知恩图报、积极向上,用力学习工作,用心认真生活。我们的语言和文字总是很苍白,不足以承载他们羽毛的高贵,限于篇幅有更多孩子的故事我们无法展现,但他们的人生同样值得书写。

同样，在有限的篇幅内这本书并不能全部反映那些爱与怕，伤害与救治，奋斗与爱情，也无法全部再现这些孩子10年成长的历程。对于灾难中那些充满无数勇气的选择与行动，也只能如镜中之光一样折射片段。时间仍在继续，最好的书并不在当下，这里记录的仍只是他们生活的一小部分，他们未来将会有更多的创造，那是未可知悉的人生魅力之所在。

因为相信，所以看见。地震10年后，这些伤残孩子也正处于人生的新节点，学习深造、毕业求职、谈婚论嫁，人生之路最要紧的几步即将面临考验。祝福他们拥有美好的未来，希望有更多的人继续关爱他们。也希望他们在历经苦难、遍尝冷暖之后，还能看清这个世界，然后爱它。

鸿鹄折翼，不失远志。生如逆旅，一苇以航。愿人们能从他们的故事中汲取力量，来面对世界和未来！

一直以来，心存感激。感谢王志航女士，一位真正的英雄式的母亲，没有她全心全意无私的奉献，这些孩子的成长绝不会如此顺利。要感谢戴克维、杨茜萍、史可、张家鑫、唐古拉、咏梅以及更多付出爱与行动的人，没有这些贵人相扶，这些孩子的路要走得更为坎坷。

感谢这些素昧平生的人为了一个目标走到一起，共同让这些孩子获得资助，得以治疗康复，并读书深造。起初以为是巧合，后来渐渐明白，他们的出现是必然的，汶川特大地震把中国公民的慈善意识唤醒，在整个爱心闭环中，每一个人都不可或缺。

只是感谢还不足以表达敬意，人们应当为他们的行动鼓掌喝彩！

还要真诚感谢一直跟随拍摄这些孩子的《四川日报》摄影记者余坪，他的镜头记录了那些无法描述的瞬间，定格了他们青春的记忆。本书制作后期，他在医院陪爱人做手术，为了能让人们看到这些孩子成长的历程，专程回家一趟整理了孩子们的照片发给我们，没有大爱的人是无法做到的！

要感谢给予本书创作以诸多支持的人，首先要感谢诸位受访者能够以无私的精神分享他们的人生，王虎用残损的手臂在手机上一字一句地回复，杨凤、张凤、秀秀、李裕、熊熊在深夜里笑着讲述往事……他们愿意敞开胸怀，讲述自己的故事，让我们直接感受到了生命的力量。某种意义上，这是一本集体创作的图书，我们仅仅是作为记录者对此进行了记录整理。倘能使人读完有所思，有所得，理应感谢那些奉献故事的人。至于未能展现出来的故事与精神，或有所疏漏的地方，则是作者力有未逮，也希望大家给予谅解和支持。

要感谢小康杂志社诸位同仁，在10年的历程中一直在关注，从未缺席。我们的同行们以职业的状态记录了每一阶段的故事，文章中有诸多向他们借鉴、学习、引用的地方。当然不仅仅是谢意，更有前后接力共同完成马拉松式长跑的职业激励，我们会一直关注这个时代的变化。

感谢十年中所有采访、关注过汶川地震的媒体同行们，共同记录、见证了灾区从重创到重生的全过程。

要感谢湖北教育出版社，感谢北京华景时代文化传媒有限公司，支持我们记录下这个特殊群体的故事。因时间紧张，水平有限，工作之余仓促而就，书中难免有错误和瑕疵，恳请批评指正。特别要感谢我们的图书策划出版人李勇先生，没有他的督促就不会有这本书的诞生。

要感谢两位作者的夫人柳志英女士和谭畅女士，这本书也凝聚了她们巨大的心血，除了作为家属默默地支持，她们两位还参与了前期的访问和后期的写作，给出了很多有益的建议。她们也是这本书的创作者。

还有很多感谢不能一一表达，谢谢所有为这本书提供支持的人！

张　凡　程亚铭
2018年4月10日